바리스타

별다방 바리스타

송유정 장편소설

자음과모음

차례

프롤로그	7
별다방 바리스타	13
알싸한 소주 맛 커피	49
점점이 내리는 드립커피	80
미지근한 보리차 한 잔	118
디카페인 옛날 커피	143
여기, 별다방 바리스타	173
작가의 말	207

프롤로그

뜨거운 태양이 머리 꼭대기까지 솟아오른 시각. 조용하던 동네에 사이렌이 울렸다. 2시간 가까이 마음을 졸이다 떨리는 손으로 '112' 버튼을 겨우 누른 예빈은 짙은 녹갈색 앞치마를 두른 채 '별다방' 앞을 서성이고 있었다.

"달순 님 아직 연락 없어요?"

—네, 아직이요. 지구대에 신고하긴 했는데…….

"너무 걱정 말아요. 아무 일도 없을 거예요."

순찰차보다 먼저 예빈의 마음을 토닥인 것은 20년째 같은 자리를 지키며 죽율동의 터줏대감 노릇을 톡톡히 하고 있는 '원형 슈퍼'의 사장 명숙이었다. 명숙은 60대 중반의 여성으로 얼마 전까지 교편을 잡다가 정년퇴직한 후 남편의 가게 일을 돕고 있었다. 예빈은 조심스럽게 어깨를 두드리는 명숙의 손길에 왈칵 터질 뻔한 눈물을 주워 삼켰다. 평소와 달리 위치 추적 어플이 깔려 있는 휴대폰도 집에 두고 나간 달순이 걱정되어 자꾸만 정신이 아득해진 탓이었다.

이차선도로에서 경광등을 반짝이며 달려온 순찰차가 별다방과 원형 슈퍼 사이에 멈춰 섰다. 뿌옇게 일어난 모래바람을 뚫고 각각 운전석과 조수석에서 내린 경찰 두 명이 예빈과 명숙에게로 다가왔다.

"안녕하십니까, 죽율 지구대 김지철 경사입니다. 신고하신 분이 권예빈 씨? 같이 일하는 직원분이 실종되셨다고요?"

"아, 저기, 여기 우리 사장님이 수어를 쓰시는 분이라 제가 설명을 좀 대신 드려도 될까요?"

"네, 말씀하시죠."

"예, 그, 위치 추적이 되는 휴대폰도 집에 두고 가시고, 도저히 찾을 수가 없어요. 저희가 뭘 어떻게 해야 할지 방법도 모르겠고요."

자신의 이름을 김지철이라고 밝힌 경사가 능숙하게 사건 접수를 시작했다. 그 옆에 어린 순경은 명숙과 지철의 대화를 유심히 들으며 경찰 수첩에 그 내용을 적어 넣었다. 예빈은 타인과의 대화에선 늘 그렇듯 빠르게 손가락을 움직여 휴대폰 메모장을 채웠다. 명숙은 예빈이 적은 문자들을 요약해 지철에게 전달했다.

"실종자분, 그러니까 이달순 씨에게 치매 증상이 있다고 들었는데, 맞습니까?"

치매. 지철의 입 모양을 읽은 예빈이 세차게 고개를 끄덕였다. 달순의 이름 옆으로 나란히 놓인 그 단어 하나에 가슴이 서늘해졌다. 자신의 장애와 달순의 치매. 평소엔 아무렇지 않던 것들이 왜 오늘따라 이렇게 억울하고 슬픈지 모를 일이었다.

"그럼 여기 실종자분 인적 사항하고, 인상착의⋯⋯ 아, 두 분이 가족은 아니신 거죠? 가족분들과는 연락하셨습니까?"

예빈과 명숙의 시선이 공중에서 부딪쳤다. 해야 할 말을 고르지 못한 예빈의 손이 허공에 머물렀다. '가족'이라는 단어를 입에 담을 때마다 세상을 다 잃은 것처럼 쓸쓸해지던 달순의 얼굴이 눈앞에 아른거렸다. 촌각을 다투는 상황에 이런 식으로 망설이고 있을 시간이 없다는 것을 누구보다 잘 알고 있는 예빈이었지만, 깊이 곪은 타인의 상처를 멋대로 드러내는 것이 맞는지 쉬이 판단을 내릴 수 없어 망설였다.

"가족과 연락을 끊고 지낸 지 오래라고 들었어요. 저희도 연락처를 모르고요."

"그럼 실종자분이 치매를 앓고 있다는 사실도?"

"네, 아마 모르고 있을 거예요."

치매. 다시 반복된 단어에 눈앞이 하얘졌다. 진행 속도가 다른 사람보다 현저히 느리다고는 해도 달순은 의사에게 명확한 진단을 받은 치매환자였다. 언제가 될지는 몰랐어도 언젠가는 분명 이런 일이 벌어질 거였는데. 조금만 더 주의를 기울였더라면. 조금만 더 자신이 달순에게 신경을 썼더라면. 예빈의 머릿속을 가득 채운 생각이 죄책감이라는 이름으로 끝없이 예빈을 괴롭혔다.

"신고자분, 괜찮으십니까?"

혈관을 타고 돌아다니던 혈액의 흐름이 일순간 멈춘 듯한 느낌이었다. 손끝이 차가워지고 머릿속이 저려오며 다리에 힘이 풀렸다. 그때 오른팔로 재빠르게 예빈의 어깨를 끌어안은 명숙이 남은 왼손으로 예빈의 작은 손을 주물렀다. 명숙의 손은 뜨거웠고, 품은 든든했다. 예빈은 그제야 정신을 차리고 걱정스러운 얼굴의 지철을 바라보았다.

— 괜찮습니다.

"힘드시겠지만, 실종자분의 인적 사항과 인상착의를 말씀해 주시면 수색에 큰 도움이 될 겁니다."

예빈은 조심스럽게 거리를 좁혀오는 지철에게 휴대폰 메모장을 보여주었다. 이럴 땐 다른 사람보다 느릴 수밖에 없는 자신의 언어 수단이 원망스러웠다. 지철은 급한 대로 예빈에게 전달받은 달순의 주민등록번호와 인상착의를 지구대에 전달했다. 시간은 무심한 얼굴로 잔혹하게 흘러갔다.

태양이 지글지글 끓었다. 까맣다 못해 하얗게 달궈진 아스팔트가 무서운 기세로 열기를 토했다. 매일 새롭게 최고 온도를 경신하는 이번 여름은 존재 자체가 재앙이었다. 특히나 달순과 같은 노인에게 이런 날씨는 치명적이었다. 달순이 실종된 지 2시간 20분째. 예빈은 부디 달순이 안전하기만을 기도했다.

품이 넉넉한 바지 주머니에 넣어두었던 명숙의 휴대폰에서 진동이 울렸다. 명숙은 저장되어 있지 않은 낯선 전화번호에 혹시나 하는 기대감으로 수화기를 귀에 가져다댔다.

"저, 잠시 전화 좀. 네, 여보세요. 네, 네, 어디시라고요?"

예빈의 고개가 명숙의 입술로 향했다. 그리고 그 순간 잔뜩 뭉개진 기계음으로 웅성이던 순찰차에서 무전을 끝낸 순경이 모래바람을 흩뿌리며 달려와 지철의 곁에 섰다.

"선배님, 본부에서 무전이 왔는데 거모 지구대에……."

"거모 지구대요? 아! 네, 맞아요, 맞아! 그분이 여기 별다방 직원이에요!"

"지나가던 행인의 신고로 접수된 실종자 이름이,"
"성함은 이달순 씨고, 1952년생, 네, 네."
"이달순 씨라고 합니다."

서로 다른 두 개의 입이 같은 모양의 단어들을 쏟아냈다. 이번엔 네 사람의 시선이 동시에 맞물렸다.

별다방 바리스타

달순은 그 시대에 으레 그렇듯 가부장적인 가정에서 태어나고 자랐다. 그로 인해 아버지는 늘 어려운 사람이었다. 딸만 줄줄이 여섯. 사업을 하던 아버지는 아들이 없는 탓에 자식 교육에 큰 열의가 없었다. 여섯 자매 중 둘째로 태어난 달순은 성인이 되자마자 중매 시장에 나섰다.

거기서 공무원이었던 남편을 만나 누군가에게 쫓기듯 결혼 생활을 시작했다. 다행히 남편은 좋은 사람이었다. 조선시대 선비처럼 공부만 하느라 숫기가 없는 성격에도 달순에게만은 항상 다정했다. 첫눈에 반하는 사랑만이 사랑인 것은 아니었다. 한 이불을 덮고 자고, 꼬박꼬박 아침과 저녁을 함께 먹던 세월 동안 쌓아온 시간 역시 또 다른 이름의 사랑이었다.

"나는 네가 참 귀하다."

처음 시집갔던 날 남편과의 첫 보금자리가 되었던 시댁 문간방 앞에서 시어머니는 달순의 어린 손을 잡으며 말했다. 달순은 거칠고 투박한 손길에 놀라 몸을 떨었지만, 시어머니는 사람 좋은 웃음을 지으며 우리 집에 와주어 참 고맙다, 뭉클한 진심을 전했다.

남편은 일찍이 아버지를 여의고 홀어머니 밑에서 자란 4남 1녀의 장남이었다. 그 시절엔 남편 없이 혼자 자식을 키우는 여자를 억척스럽다고 했다. 달순의 주변 사람들도 마찬가지였다. 시집가면 이제 고생길이 훤하다고, 홀어머니의 장남은 아들이 아니라 남편이며 그 옆을 꿰차고 들어가는 며느리는 그 집에 새로 들인 식모에 불과하다는 소리를 아무렇지도 않게 툭툭 내뱉었다. 하지만 달순의 시어머니는 위인이었다. 당신이 마땅히 짊어져야 할 책임을 달순에게 떠넘기지 않았다. 달순에겐 또 다른 어머니이자 처음으로 가져본 스승이었다. 그래서 달순은 오랜 시간 홀로 짊어져야 했던 세월의 무게로 시어머니가 무너져 내렸을 때, 세상 모든 신을 원망하며 통곡했다.

"어머님, 이제 저희가 편히 모실게요. 어머님은 건강만 해주세요."

쥐면 바스러질 흙처럼 버석하게 메마른 손 앞에 무릎 꿇고 했던 맹세가 엊그제 일이었다. 늦둥이 막내딸까지 당신의 힘으로 대학을 보내고 삶의 고단함이 가득한 눈가의 주름을 켜켜이 접어 미소 지으며 흑백사진 속 시아버지의 얼굴을 쓸어내리던 모습이 어찌나 마음 아프고 속이 상하던지. 청춘은 저물었지만, 이제 막 떠오른 황혼의 시간만큼은 당신처럼 그저 아름답기만을 바랐는데. 의사가 내린 진단명은 마른하늘에 내린 날벼락 그 자체였다.

"뇌졸중입니다. 흔히 우리가 중풍이라고 하는……."

파랗게 죽은 의사의 입술이 어항 속 물고기의 것처럼 소리 없이 움직였다. 삽시간에 주변이 굴절되고 진득한 습기가 올라 찬다 싶더니 눈물이 줄줄 흘렀다. 누명을 뒤집어쓰고 유죄 판결을 받은 죄수처럼 선명한 억울함이 솟구쳤다. 달순은 풍선에서 바람 빠지듯 달아나는 안타까운 생명을 붙잡을 수 없었다.

시어머니의 병세는 누군가에게 명명되기만을 기다렸다는 듯 비탈길을 내달렸다. 중풍은 온갖 종류의 후유증을 동반하는 무서운 병이었다. 사지의 절반이 마비되고, 하나둘 깨우쳤던 언어를 잃어가고, 숨을 쉬는 인간이라면 마땅히 가져야 할

존엄성마저 강탈당해 종국엔 죽음만을 바라게 만들었다. 달순은 지극한 정성으로 시어머니 간병에 매달렸지만, 그것이 전부였다.

"우리 아기, 엄마가 미안해."

임종은 갑작스러운 순간에 찾아왔다. 시어머니가 병마와 싸운 지 꼬박 10년이 되던 해였다. 전조는 분명 있었지만, 눈치채지 못했다. 누군가를 떠나보낸 경험이 전무하던 탓이었다. 평소처럼 기저귀를 갈 때 대변 색깔이 조금 이상하다고 생각했을 뿐이었다. 안으로 반쯤 말려 들어간 혀를 겨우 움직여 짐승의 울음 같은 문장을 겨우 토해냈을 때에도 자신과 막내딸을 착각한다 여겼을 뿐, 그것이 섬망 증상이자 자신을 향한 시어머니의 마지막 유언이라는 사실을 달순은 알아채지 못했다.

그러니 남편은 출근하고, 아이들 역시 모두 등교해 적막하기만 했던 오후. 오롯이 둘만 남은 공간에서 붉은 노을이 산봉우리를 넘어가듯 저물어버린 숨 끝에 달순이 할 수 있었던 일은 그저 따뜻하게 데운 수건으로 마침내 영면에 든 얼굴을, 비쩍 말라버린 팔다리를 촘촘히 닦아낸 후 가족들에게 연락을 취하는 것뿐이었다.

달순에겐 세 명의 아이가 있었다. 각각 두세 살 터울로 태어난 남매였다. 막내 지환은 금방이라도 뱀 허물처럼 벗겨질 것 같은 상복을 입고 커다란 눈을 껌뻑이며 할머니는 이제 어디에 사느냐고 물었다. 그보다 세 살이 많은 둘째 지현은 이 자리가 어떤 자리인지 알면서도 언니랑 방을 따로 쓰고 싶다며 그동안 감춰두었던 투정들을 보란 듯이 꺼내놓았다. 그리고 이제 곧 수험생이 될 첫째 지혜는 예의 그 무뚝뚝한 성격으로 능숙하게 자신의 기분을 감추고 있었다. 가만히 그 모습을 지켜보고 있던 남편은 짐짓 엄한 목소리로 아이들을 들여보낸 뒤 소주 한 병과 함께 달순의 옆에 앉았다.

"당신도 한잔할 테요?"

대문 밖 조등만큼 어둑한 웅성거림을 안주 삼아 술잔을 채운 남편이 달순에게 물었다. 달순은 자신의 앞으로 내밀어진 유리잔을 물끄러미 바라보다 손에 쥐었다. 태어나 처음 마시는 술이었다.

"크흡."

"왜? 맛이 없소?"

자신도 모르는 사이 튀어나온 소리에 달순이 입을 막았다. 남편은 연달아 잔기침을 내뱉는 달순의 등을 두드리며 점잖게 웃었다. 근래 들어 처음 보는 얼굴이었다.

"이렇게 쓰기만 한 걸 어찌 그리 좋아하시나 몰라요."

"이게 처음이나 그러지 마실수록 점점 달아지는데."

싫지 않은 타박을 하고, 다정이 묻은 농담을 주고받으며 부부는 한 번 더 술잔을 비웠다. 다행히 달순은 애주가인 아버지를 닮아 술이 약한 편은 아닌지 두 번째 잔부터는 목에 걸리는 것 없이 술을 삼켜낼 수 있었다. 남편은 그동안 묵묵하게 담아온 진심을 토로했다.

"그동안 정말 고생 많았어. 고마워요, 여보."

잘 참아왔는데, 술김에 달아오른 두 손을 넉넉하게 잡아주는 투박한 손길 한 번에 서러움이 터졌다. 소리 내어 마음껏 울지도 못하게 하는 못난 남편이라 미안하다며 가늘게 떨리는 어깨를 끌어안아 토닥토닥 위로를 건네는 손길에 후드득 눈물이 떨어졌다. 달순은 추위에 푸릇해진 입술을 말아 물고 열심히 고개를 끄덕였다. 초겨울 하늘에 몰려들었던 먹구름에서 진눈깨비가 쏟아졌다. 눈물과 빗물로 뒤섞인 바닥이 점점 더 짙은 색으로 물들었다. 인생의 한순간이 지나가고 있는 밤이었다.

"내년에 대학 가면 독립하게 해줘."

"독립이라니? 갑자기 그게 무슨 소리야?"

"나가서 따로 살고 싶어. 허락해주세요, 아버지."

수능이 얼마 남지 않은 어느 주말 아침. 난데없는 독립선언에 달순은 남편과 첫째 지혜의 얼굴을 번갈아 보며 가라앉은 분위기를 살폈다. 지혜의 표정은 평소처럼 담담했다. 어떤 일이 있어도 크게 기복을 드러내지 않는 성격은 남편의 기질을 닮은 것이었다.

시어머니가 돌아가신 뒤 가정엔 많은 변화가 있었다. 시어머니가 쓰시던 가장 큰 방을 부부가 사용하고, 간병을 위해 필요했던 가재도구 창고를 수리해 아이들 각자의 방을 마련해주었다. 창고로 쓰이던 방은 비록 마당 하나를 가운데 두고 따로 떨어져 있는 작고 어두운 공간이었지만, 지환은 불만이 없었고 그토록 소원하던 자신의 방을 얻게 된 지현 역시 나름대로 만족하는 눈치였다.

지혜는, 그래. 지혜는, 어땠을까.

한 번도 생각해보지 못한 문제였다. 오랜 세월 시어머니 간병에만 몰두하느라, 시어머니가 남기고 간 빈자리에 흘러넘친 슬픔을 주워 담느라, 고작 여덟 살 나이에 어린 동생들을 위해 엄마가 된 아이를, 부모의 곁을 떠나 홀로서기를 결심할 만큼 훌쩍 자라버린 아이의 마음을 미처 헤아리지 못했다. 아니, 헤아리지 못한 것이 아니었다. 달순은 시어머니의 병마를 핑계로 아이들을 돌보지 않았다. 한번 지나가면 다신 오지 못할 그 귀한 시간을 어리석게 그냥 흘려보냈다. 아이들과 함께 할 시간은 앞으로도 많을 테니 얼마 남지 않은 시어머니와의 시간을 천금처럼 보내는 것이 도리라고 생각했다. 아이들이 이렇게 눈 깜짝할 사이 커버릴 줄도 모르고.

적막해진 집안 공기에 어색함이 감돌았다. 남편은 굳은 표정으로 달순의 안색을 살폈다. '안 돼, 지혜야. 아직은 안 돼.' 차마 입 밖으로 내지 못한 말이 딱딱한 돌이 되어 가슴에 얹혔다. 감히 무슨 자격으로 아이의 앞을 가로막을 수 있을까. 무정한 어미의 보살핌 없이도 저렇게 훌륭히 자란 아이의 앞을.

"안 돼."

"여보."

"독립은 안 된다. 허락할 마음 없으니 그리 알아."

한참 어리광을 부려야 할 나이에 부모의 빈자리를 대신해야 했던 아이. 지혜는 남편의 거울이었다. 달순은 간혹 아이들이 일찍 잠든 밤이면 숨소리도 내지 않고 그늘진 아이의 얼굴을 지켜보던 남편의 모습을 떠올렸다. 조용하게 내리던 그 시선은 아마도 남편이 할 수 있는 가장 최선의 애정 표현이었을 것이다. 그런 남편을 잘 알기에 달순은 지금 이 상황이 누구보다 혼란스러웠다. 왜 독립을 하고 싶은지 그 이유를 들어보지도 않고, 왜 그 결정에 반대할 수밖에 없는지 그 연유조차 설명하지 않고 집을 나선 남편을 이해할 수 없었다. 그건 남편이 평소에 할 법한 행동이 아니었다.

"지혜야, 엄마가 아빠랑 얘기를 조금만 더 해볼게."

"됐어, 괜찮아. 신경 쓰지 않아도 돼."

아이는 빨갛게 달아오른 눈가를 손등으로 문지르며 일어났다. 무언가 축축한 것이 툭, 바닥으로 떨어졌지만 달순은 애써 모른 척 아무 말도 하지 않았다. 뜨겁게 끓어올라 차갑게 떨어진 아이의 분노를 투정으로 받아들이지 않는 것이 아이를 위한 배려이자 존중이라고 여겼다. 달순은 낙하하여 번진 아이의 울음을 바라보았다.

'아부지, 저 학교에 다니고 싶어요.'

'학교?'

'네, 저도 언니처럼 학교에 가서 더 많이 배우고 싶어요.'

'그럴 돈 없다. 계집애 공부는 그만하면 됐으니, 가서 집안일이나 거들어라.'

고요한 연못에 과거로부터 날아든 돌멩이 하나가 파동을 일으켰다. 세월의 흔적을 따라 아주 작아진 돌멩이 무게만큼 보잘것없는 것으로 시작된 물결은 삽시간에 몸을 키워 마른 땅을 적셨다. 달순은 혀끝에 시큼하게 차오른 침을 꿀꺽 삼켰다. 갑자기 들이닥친 기억에 목구멍이 아릿했다.

어린 시절 달순에겐 선택이라는 것이 주어지지 않았다. 여지가 없다는 사실은 끔찍한 절망이었다. 달순은 지독한 침묵 속에서 어쩌면 이미 결말이 정해져 있을지도 모르는 고민에 빠졌다.

"이제 와요?"

"응, 다녀왔어요. 지혜는?"

"방에 있어요."

"그래."

해가 지고 다 늦은 저녁이 되어서야 남편은 집에 돌아왔다. 찬바람을 잔뜩 묻히고 들어온 겉옷에서 어렴풋하게 술 냄새가 났다.

"어디 갔다 와요?"

"그냥, 요 앞에."

"술 자셨어요?"

"응, 조금."

술기운에 붉어진 얼굴이 아침나절 억지로 분을 삭이던 아이의 것과 닮아 있었다. 다만 깊게 들이마시고 내쉬는 남편의 숨결에서 느껴지는 것은 알코올과 같은 도수의 수심이었다.

"아침엔 왜 그랬어요. 이렇게 모질지도 못할 거면서."

"…… 쉽게 물러설 거 같지가 않더라고. 녀석, 누굴 닮아 그렇게 고집이 센지."

방바닥에 새겨진 무늬를 시선 끝으로 어른어른 더듬던 남편의 입술 새에서 헛헛한 웃음이 터졌다. 성격답게 가지런히 벗어놓은 빨랫감을 뒤적이는 손길에서 말로는 다 하지 못한 미련이 흘러넘쳤다. 다 큰 아이의 독립선언이 뭐 그렇게 대단한 일이라고 이토록 유난을 떠는지 모르겠다며 누군가 욕을 퍼붓는대도 상관없었다. 부부와 아이들 사이엔 10년만큼의 잃어버린 세월이 있었다.

거북이 등껍질 같은 커다란 가방을 메고 첫 사회생활을 시작한 그때. 똑단발로 자른 머리에 사복을 벗고 처음으로 교복을 입었던 그날. 2차 성징이 찾아들며 사춘기를 겪고, 수북하게 쌓인 참고서와 교과서의 틈을 비집고 마침내 성년이 될 준비를 마친 오늘 이 순간까지. 제대로 품어보지도 못한 아이가 품에서 떠난다는 것은 생살을 도려내는 고통과 견줄 수 있는 것이었다. 하여 부부는 '독립'이라는 단어 아래 숨어 있는 아이의 진심을 알고 있었다.

성장과정에서 꼭 필요했던 부모의 관심과 사랑의 부재에 대한 원망, 그리고 돌이킬 수 없는 시간과 관련해 그 어떤 보상도 받지 않겠다는, 단명한 선 긋기.

"당신 생각은 어때요?"

꼬옥 눈을 맞추며 물어오는 질문에 달순은 옷자락을 매만졌다. 벽시계의 짧은 바늘이 한 바퀴를 돌아 다시 제자리로 올 때까지 쉬지 않고 치열하게 고민했지만, 어떠한 선택이 서로에게 최선인지 알 수 없었다. 특히 자신에게는 아이를 놓아주는 것도, 붙잡는 것도 후회가 될 것이 분명했다.

"당신은? 어떻게 하고 싶어요?"

"나야 당연히 당신 말에 따르지. 그런데 나는 당신이 당신 마음을 가장 잘 돌볼 수 있는 선택을 했으면 해요."

"……"

"지혜한텐 앞으로도 여러 기회가 많을 거야. 그동안 주지 못한 사랑을 이제라도 주고 싶은 것이 당신 혼자만을 위한 욕심은 아니니까, 어떤 선택을 하든 자책하지 말아요. 혹여 지혜 편을 들어주게 되면 내가 반대하는 걸 당신이 설득했다 하고."

그렇게 말한 남편은 아이고, 이제 이불을 펴야지 하며 멋쩍은 듯 딴청을 피웠다. 어느덧 결혼한 지 20여 년이 지났어도 다정함을 간지러워하는 성격은 여전했다. 달순은 그제야 깨달았다. 왜 남편이 아침나절 자리를 박차고 나갔는지. 왜 아이와의 대화를 피하려 들었는지.

그건 달순을 위한 배려였다. 달순에게 생각할 시간을 주기 위함이었고, 아이의 원망을 오롯이 자신의 몫으로 가져가기 위함이었다. 달순은 남편의 빨랫감을 들고 일어나 평소와 달리 격한 움직임으로 이불을 깔기 시작한 남편의 뒷모습을 보며 말했다.

"꿀물이라도 한잔하고 주무셔요."

"어? 어, 뭐, 그래주면 고맙고."

어쩐지, 오늘 밤은 잃어버린 길을 찾을 수 있을 것 같았다.

달순은 아이의 독립을 허락했다. 그 대신 자주 집에 들러야 한다는 당부도 잊지 않았다. 달순의 말을 의심하는 아이의 시선이 일순간 남편에게 닿았다. 하지만 남편은 그저 뜨겁게 김이 올라오는 국을 한 숟가락 떠먹을 뿐 발언권을 모두 달순에게 넘겼다.

아이는 달순과의 약속을 잘 지켜주었다. 시험기간을 제외하고는 가깝지도 않은 거리를 일주일에 한 번씩 꼭 오갔다. 방학도 마찬가지였다. 자신의 생활비는 자신이 해결한다며 학교 근처에 사는 중학생 과외를 하면서도 자주 전화를 걸어 부부의 안부를 확인하고, 시간이 될 때마다 집에 돌아와 동생들을 챙겼다.

평생을 거쳐 그렇게도 알고 싶었던 결속력이란 이런 게 아닐까, 하는 생각이 들 만큼 평온한 시절이었다. 할 수만 있다면 시간을 멈춰 그 속에 갇히고 싶었고, 때로는 더 나아질 미래가 궁금해 시간을 빨리 감고 싶기도 했다. 그래서 잠시 잊고 있었다. 소중한 것을 손에 너무 꽉 쥐고 있으면 반드시 부서져 버린다는 것을.

둘째 지현이 수험생이 되던 해, 남편이 뺑소니차에 치여 식물인간이 되었다. 준비 없이 맞이한 불행의 당혹스러움을 한 번 겪어봤으면서도, 익숙하기는커녕 곧바로 세상이 무너지는 기분이었다. 이제 어떻게 살아가야 할까. 아무것도 없는 허공에 발을 딛고 살 수 있을까. 이미 꺼져버린 땅이 다시 솟구치는 기적이 일어날 수 있을까. 이름도 알 수 없는 기계에 호흡을 의존한 채 정말 죽기만을 기다리고 있는 사람처럼 지그시 감겨 있는 남편의 두 눈이 다시 뜨일 수 있을까. 그렇게 우리, 다시 마주 볼 수 있을까. 할 수 있는 것은 그저 기도뿐이라는 사실이 달순을 더 무력하게 만들었다.

"여보, 제발 일어나요. 제발······."

매일 따뜻한 수건으로 손발을 닦아줘도, 새로운 피가 돌길 바라며 뻣뻣하게 굳어가는 팔과 다리를 주물러줘도, 남편은 달순의 간절함에 단발의 신음조차 내어주지 못했다.

"괜찮아, 애들아. 괜찮을 거야."

인생을 통째로 뒤흔들 만큼 커다란 참극 앞에 선 아이들을 보듬으면서도 달순은 지금 이 상황을 가장 두려워하는 건 자신이라는 것을 알고 있었다. 일순간 시간이 멈춰버린 듯한 착각 속에 낮이 밤이고, 밤이 낮인 그런 날들이 흘러갔다.
'나한테 와줘서 고마워요. 부족하지만, 내가 더 잘할게요.'
'그동안 정말 고생 많았어. 고마워요, 여보.'
결혼식을 올리고 첫날밤. 서툰 손길과 함께 건네어졌던 다정한 그 목소리. 시어머니의 장례를 치르던 날 한숨처럼 짙게 올라오던 향냄새와 함께 자신을 안아주었던 그의 넉넉한 품이 그리웠다. 한 번도 사랑한다는 말을 입에 담은 적 없던 그였지만, 그가 하는 모든 고맙다는 말이 사랑한다는 뜻이었음을 달순은 알고 있었다. 그래서 더, 그를 보낼 수가 없었다. 할 수만 있다면 끝까지 그를 붙잡아 곁에 두고 싶었다. 하지만 달순은 자기 자신이 아닌 그를 위한 선택을 해야 했다.
"당신이 내 편인 게 늘, 참 좋았어요. 그동안 정말 고생 많이 했어요. 고마워요, 여보."
금방이라도 눈이 멀 것처럼 뜨거운 불길에 휩싸여 조금씩 멀어져가는 그를 보며 달순은 울었다. 그를 감싸안은 화염이 심장에 닿은 듯 홧홧하고 쓰라린 고통이 지속됐다. 그냥 그대로 정신을 놓고 그를 따라가고 싶은 마음이 그득했지만, 양팔에 매달려 아빠를 부르짖는 아이들의 외침에 몇 번이고 자세를 고쳐 잡으며 풀어진 다리에 힘을 주어야 했다.

살아야 해. 살아야만 한다. 그와는 마지막 인사도, 그 흔한 안녕이라는 말조차 나누지 못했지만, 만약 했다면 그가 한 마지막 말은 아이들을 잘 부탁한다는 말이었을 것 같아서 달순은 새로운 삶을 결심했다.

남편이 떠난 뒤 적어도 10년은 정신없이 지냈다. 남편의 기일은 지현의 수능 전날이었다. 지현은 자신의 의사와는 무관하게 재수생이 되었다. 그해 아이들은 모두 극도로 예민했다. 그건 티를 내지 않았을 뿐 달순도 마찬가지였다. 삽시간에 짊어지게 된 가장의 무게. 가장 큰 버팀목을 강탈당한 마음의 공허. 끝도 없이 밀려드는 상실과 우울. 절망이 넘실거리는 순간마다 달순은 더욱더 절박하게 아이들의 존재를 붙잡았다. 그렇기에 세월이 흘러 둥지를 떠난 아이들 없이 혼자 덩그러니 남겨진 집은 달순에게 폐가와 다를 것이 없었다.

어제와 같은 오늘, 오늘과 다르지 않은 내일. 아이들의 시간은 빠르게 흘러가고 달순의 시간만 그대로 멈췄다. 어느새 달순의 집에선 시계 초침 소리가 사라졌고, 달력의 숫자는 가을이 지나고 겨울이 와도 언제나 6월에 머물러 있었다. 달순은 두꺼운 커튼으로 창문을 가렸다. 끊임없이 이어지는 외로움을 피해 쏟아지는 잠을 밀어내지 않았으며 가끔씩 잠이 오지 않는 밤이면 진열장 속 애주가였던 남편이 모아놓은 술병의 먼지를 닦아냈다. 형광등 아래 윤슬처럼 반짝이는 것들은 달순이 가진 유일한 대화 상대였다.

'당신도 한잔할 테요?'

'이게 처음이나 그러지 마실수록 점점 달아지는데.'

그것들은 귀하게 닦으면 닦을수록 남편을 떠올리게 하는 악독한 잔흔이기도 했다. 달순은 주홍빛 조등 아래 처음으로 남편에게 술을 배웠던 그때처럼 술병을 기울였다. 술잔 안으로 투명한 물줄기가 굽이쳐 흘러내리자 이름 모를 설움이 솟구쳐 올랐다. 달순은 금방이라도 입 밖으로 쏟아질 것 같은 감정을 허겁지겁 술로 눌러 삼켰다. 술은 삽시간에 불덩이로 변해 식도를 태우고 오장육부를 뒤틀었다. 코뼈가 아리고 가슴이 쓰릴 만큼 처절한 고통이었다. 하지만 머지않아 곧 익숙해졌다. 어떠한 이유인지는 모르겠으나, 처음에는 머리가 띵할 만큼 쓰기만 하던 것이 남편의 말처럼 점점 달아졌다. 술은 멈춰 있던 달순의 시간을 다시 움직이게 만들었다.

물론 술과 함께하는 생활에 탈이 없는 것은 아니었다. 술을 마시고 지끈거리는 머리로 겨우 잠이 들면, 명치 끝부터 시작되는 고역감에 일어나 밤새 변기를 붙잡고 토악질을 하기 일쑤였다. 술의 도수가 높아지면 곤죽이 된 속과 같이 분노가 들

끓었다. 달순은 불쑥불쑥 화를 내고 소리를 질렀다. 1년에 딱 한 번 아이들이 집으로 돌아와 가족 모두가 모이는 남편의 기일도 예외는 아니었다.

"또 술이야? 엄마 진짜 왜 그래! 대체 뭐가 문제야, 응? 오늘 하루만이라도 제발, 맨정신으로 있을 수는 없는 거야? 나 엄마 때문에 진짜 집에 오기 싫어!"

그 무렵 아이들은 지쳐갔다. 몇 년째 번갈아가며 집에 들를 때마다 제정신이 아닌 엄마를 참기 힘들었다. 지현은 벌겋게 달아오른 얼굴로 자리에 주저앉아 있는 달순을 향해 소리쳤고, 막내 지환이 씩씩거리며 술잔을 빼앗으려는 지현의 앞을 막아섰다.

"누나, 진정해. 일단 진정하고."

"안지환. 너 당장 비켜!"

"늦었어. 그러니까 우리 내일……."

"엄마."

"……."

"우리 같이 병원 가자."

"큰누나!"

"입원해서 치료받아. 엄마 이거 혼자 못 고쳐. 엄마 지금 알코올중독이라고."

"너희가 나한테 무슨 자격으로 그런 말을 해!"

차갑게 굳은 목소리에 술잔이 바닥을 뒹굴었다. 찢어질 듯한 비명이 거실을 가득 채웠다.

"엄마, 괜찮아?"

파르르 떨고 있는 달순을 보며 놀란 지환이 물었다. 달순은 술로 범벅이 되어 흥건하게 젖은 바닥을 몇 번이고 반복해 내리쳤다. 찰박거리며 사방으로 튀어 흩어지는 것들은 어느새 주워 담지 못할 어떤 것이 되어 달순의 눈물과 뒤섞였다. 보다 못한 지환이 달순을 뒤에서 끌어안고 말렸지만, 술기운에 빠져 사력을 다하는 달순의 힘을 이길 수는 없었다.

달순의 발작은 30여 분 만에 기절하는 것으로 끝이 났다.

"누나들은 먼저 갔어. 나도 이제 엄마 깨어난 거 봤으니 가 봐야 돼."

"······."

"엄마."

"······."

"병원 가. 조만간 큰누나가 차 가지고 내려온대. 제발······ 부탁이야."

푸르스름한 빛이 차오르는 새벽. 돌덩이를 얹은 듯 떠지지 않는 눈을 겨우 떴을 때. 지환은 지친 얼굴로 달순을 내려다

보며 말했다. 일어설 기운도 없이 죽은 사람처럼 누워, 안방을 벗어나는 지환의 뒷모습을 바라보던 달순의 눈꼬리를 타고 발열하는 눈물이 흘렀다. 언제부터 이 집이 그렇게 작아진 건지. 단 몇 걸음 만에 현관까지 도달한 지환이 뒤도 돌아보지 않고 쾅, 철문을 닫았을 땐 달순은 정말이지 생을 잃어버린 기분이었다.

한참의 시간이 지나 비척비척 거실로 나와 보니 어젯밤의 일은 마치 꿈이었던 것처럼 깨끗하게 정돈된 집이 달순을 맞이했다. 달순은 이마에 손을 짚은 채 한숨을 내쉬었다. 벽면 하나를 통째로 차지한 남편의 술 진열장이 텅 비어 있었다. 술이 들어 있든, 들어 있지 않든 무차별적으로 치워낸 흔적이 역력했다.

꼭, 이렇게까지 해야 했을까.

아무것도 없는 진열장 앞에 서 있는데 불쑥 그런 생각이 들었다. 혼자 남은 내가 유일하게 즐길 수 있는 기쁨을 도난당했다는 생각. 멋대로 분노할 자유조차 강탈당하고야 말았다는 생각. 쇠처럼 뜨겁게 달궈진 감정이 이리 휘고 저리 휘기를 반복했다. 그러다 마침내 무엇이 되려고 태어났는지 꼿꼿하게 등을 펴고 있던 쇠붙이의 형태가 볼품없이 구겨지고 나서야, 어디서부터 잘못된 걸까, 어쩌다 내가 이렇게 됐을까 하는 회한에 사로잡혔다.

달순은 초점이 사라진 시야에 힘을 주었다. 그러자 전에는 볼 수 없었던 것이 눈에 보이기 시작했다. 투명한 유리로 된 진열장 문에 반듯하게 접힌 편지가 붙어 있었다. 막내 지환이 남기고 간 편지였다.

사랑하는 엄마에게.
이게 얼마 만에 쓰는 편지인지 모르겠어요.
……

편지를 읽는 내내 신물이 올라왔다. 화장실로 달려갈 새도 없이 진물처럼 노란 슬픔이 장판 위로 쏟아졌다.
'너희가 나한테 무슨 자격으로 그런 말을 해!'
뒤늦은 깨달음이 달순을 진창에 빠뜨렸다. 그 밤, 날 선 말과 함께 달순이 던져버린 것은 술이 아니었다. 어쩌면, 다신 되돌릴 수 없는 자식들과의 관계였다. 달순은 말라비틀어진 걸레로 토사물을 훔치며 다짐했다. 술을, 끊겠다고. 절대 이 어둠 속에 혼자 남지 않겠다고.
"이 정도 수준이라면 저희는 입원 치료를 권고드리고 싶습니다."

중독에서 벗어나는 일은 힘들고, 어렵다는 표현으로 다 설명하지 못할 만큼 괴로웠다. 처음엔 반드시 끊을 수 있다는 믿음으로 병원을 찾았지만, 금주하면 하는 만큼 보상 심리가 발발했다. '이 정도는 괜찮을 거야. 그래, 이만큼만 마시면 아무 문제 없어.' 방심은 안일함을 불러일으켜 원래의 길로 달순을 이끌었다. 그러한 현상의 반복은 달순의 결심을 크게 반기며 진심으로 달순의 금주를 응원하던 아이들마저 등 돌리게 만들었다. 아이들은 번호까지 바꿔가며 달순과의 단절을 선언했다.

결국, 달순은 자신을 감옥에 가뒀다. '중독'이란 그런 것이었다. 자의로 통제할 수 없는 것. 타의에 의해 억지로 단절시켜야만 하는 것. 단 한 방울의 술도 허용되지 않는 병동 생활은 살아서 겪는 지옥 그 자체였다. 잘못된 길로 들어서는 것은 쉬웠지만, 그 길에서 벗어나는 일은 엄청난 육체적 고통과 정신적 고통을 수반했다. 급기야 달순의 머리는 하나둘 그 고통의 흔적들을 스스로 지워가기 시작했다.

알코올유도성치매. 의사는 달순이 앓고 있는 병을 그렇게 불렀다. 단순히 나이가 들어 깜빡깜빡하는 것과는 분명 다른 증상이라 말했다. 의사는 달순에게 병원에서 운영하는 치매치료센터에 등록할 것을 제안했다. 달순에겐 선택의 여지가 없었다.

'치매 치료는 예방이나 완치가 아닌, 진행을 늦추는 것을 목적으로 한다.'

오래전 시어머니가 중풍으로 쓰러졌을 때 병원 어딘가에서 보았던 문구가 떠올랐다. 나을 수 없는 병. 지금껏 살아온 인생이 조금씩 지워지는 병. 아이들에게 씻을 수 없는 상처를 남겨온 죄로 이런 벌을 받는 것은 아닐까. 차라리 모든 것을 잊어버리게 되면 편안해질까. 알코올중독 치료와 치매치료센터를 오가는 달순의 머릿속엔 체념이 앞섰다.

쳇바퀴처럼 굴러가는 일상엔 재미도 의욕도 없었다. 비슷한 사람들끼리 한데 모여 운동치료를 하는 순간에도 달순은 기계적으로 몸을 움직이며 멍하니 창밖을 내다보고, 어찌 보면 정말 별거 없는 인생을 살았구나, 한숨을 내쉬었다. 그런 달순의 삶에 한 줄기 빛이 되어줄 존재가 나타난 것은 바싹 마른 낙엽이 지고 찬 바람이 불던 어느 겨울날이었다.

權叡彬

안녕하세요. 제 이름은 권예빈입니다. 한자로는 밝을 예에 빛날 빈을 쓰는데, 그래서 우리가 함께할 이 공간의 이름을 '반짝반짝 커피교실'이라고 지어보았습니다. 앞으로 잘 부탁드립니다.

예빈은 치매치료센터 환자들에게 새로운 활력과 환기구를 열어주기 위해 센터에서 마련한 봉사 프로그램의 선생님이었다. 짙은 녹갈색 앞치마에 가슴까지 오는 긴 생머리를 단정하게 빗어 내리고 수업 시간이 되기만 기다리던 예빈은 환자들이 들어서자 컴퓨터와 연결된 커다란 모니터에 자신을 소개하는 글자들을 나열했다. 글자를 모두 입력한 후엔 책상 옆으로 살짝 비켜 나와 수수한 얼굴로 말없이 웃었다. 순간 교실은 어색한 정적에 휩싸였다. 예로부터 선생님이 칠판에 이름을 쓰면 그다음은 말로 자신을 설명하는 걸 당연시 여겼던 이들에겐 쉽게 이해할 수 없는 광경이었다.

어안이 벙벙한 채로 굳어진 사람들이 익숙한 듯 예빈은 미리 준비해둔 수첩을 목에 걸고, 수어를 시작했다. 두 손이 부드럽게 만들어내는 단어와 문장이 무엇을 뜻하는지 사람들은 알 수 없었지만, 예빈이 짓는 표정으로 무음의 언어를 끝까지 지켜봐야 한다는 것 정도는 알 수 있었다.

예빈은 담담하게 자신이 가지고 태어난 장애를 이야기했다. 환자들이 다소 불편하겠지만, 오래전 친구와 쪽지를 주고받던 것처럼 필담을 나누는 것도 이 수업의 또 다른 기쁨이 될 거라는 말도 잊지 않았다. 만약 글을 쓰는 것이 어색하고 어려운 사람이라면 수수께끼를 맞히듯 입 모양으로 하는 대화도 재밌을 거라는 말과 함께 수어를 마치자 소박한 박수가 터져 나왔다.

예빈이 있는 곳에선 웃음이 끊이질 않았다. 시간이 지날수록 예빈의 커피 교실엔 다양한 연령대의 환자들이 몰려들었다. 처음엔 복도 전체를 휘감는 커피 냄새로. 그다음엔 조용하지만 소탈한 예빈의 성격으로. 그러다 보니 예빈과 필담을 나누기 위해 수첩과 펜을 들고 다니는 환자들이 늘어났다. 끊임없이 펜대를 놀리며 소근육을 써야 하는 필담은 치매환자들을 위한 인지능력 발달에도 적지 않은 영향을 미쳤다. 그러한 즐거움에 빠진 것은 달순도 예외는 아니었다.

예빈은 얇고 요상하게 생긴 주전자를 이용해 커피를 내렸는데, 주전자를 손에 쥐고 섬세한 손길로 한두 방울씩 떨어뜨리는 물소리가 달순의 마음을 평온하게 했다. 그라인더로 촘촘히 갈아낸 원두를 필터 안에 쌓아놓고 동그란 원을 그려가며 물길을 만들어주면, 투명한 컵에 쪼르륵 흘러내리는 커피 소리가 꼭 여름철 처마 밑으로 고이는 빗소리 같았다.

이따금 두 사람은 아무도 없는 교실에서 서로를 마주 보고 앉아 커피를 마시며 대화를 나눴다. 수업 준비와 수업 종료 후 마무리를 돕는 '반장'에게 주어진 특권이었다. 좀처럼 먼저 나서는 일이 없는 달순이 병원 내에서 자발적으로 참여한 유일한 일이기도 했다.

커피는 예빈이 내리는 날도, 달순이 내리는 날도 있었다. 예빈은 달순이 커피 내리는 모습을 좋아했고, 달순은 예빈이 내리는 커피 소리를 좋아했다. 가만히 눈을 감고 그 소리에 집중하고 있으면 김이 모락모락 올라오는 커피잔 옆에 '오늘은 어떤 소리를 듣고 계세요?' 하고 묻는 예빈의 쪽지가 놓여 있었다. 그때마다 달순은 성심껏 대답하는 한편 예빈의 솔직한 심정이 궁금해 어느 날은 아주 조심스러운 필체로 물었다.

나는 살면서 내가 어찌할 수 없는 일을 겪을 때마다 하늘을 원망했어요. 어릴 적 아버지가 학교를 다니지 못하게 했을 때. 내 식구들 입을 덜겠다고 어머니가 억지로 시집을 보냈을 때. 시어머니가 아팠을 때, 남편을 잃었을 때, 그러다 결국 자식들마저 등을 돌리게 했을 때. 물론 자식들이 떠난 건 오랜 시간 술독에 빠져 허우적댄 내 탓이 크지만, 그래도.

내가 뭘 그렇게 잘못했나…… 한없이 서운하고 억울한 감정이 들더라고. 하다못해 이젠 치매까지 걸렸다고 하니, 밤마다 속이 뜨거워서 잠을 잘 수가 없는 거야. 그래서 하루하루 날이 지날수록 모나고, 날카로운 생각들만 가득 차는데. 우리 선생님은 어쩜 그렇게 갓 삶은 달걀처럼 매끈하고 보드라운 마음을 지니고 있는지 비법 같은 걸 알려줄 수 있어요?

 커피가 다 식을 때까지 끄적이던 달순의 말들을 끝까지 읽어내린 예빈이 '갓 삶은 달걀'이라는 단어에서 웃음을 터뜨렸다. 초승달처럼 휘어진 눈매 아래로 콕 박힌 보조개가 어여뻤다. 예빈은 곰곰이 생각하다가 연필로 사각사각 자신의 이야기를 들려주었다.

 제가 사는 세상은 고요해요. 누군가의 표현을 빌리자면, 마치 물속에 잠겨 있는 것처럼요. 태어날 때부터 선천적으로 그랬으니 저는 이게 불편한 줄 모르고 살았어요. 그런데 가족이라는 울타리를 벗어나 소리가 있는 것이 당연한 사람들 틈으로 섞여드니까 문득 불공평하다는 생각이 들더라고요. 친구들이 다 같이 웃을 때 웃지 못하고, 도로에서 울리는 경적을 듣지 못해 차에 치일 뻔한 적도 여러 번이고. 무엇보다 '장애'를 가진 사람을 향한 그 '특수'한 시선이 정말 싫었어요. 그 시선에 담긴 것이 연민이든 위로든 저보다 자신들의 처지가 낫다며 안도하는 것 같았거든요.
 그래서 저도 달순 님처럼 내가 뭘 그렇게 잘못했나, 왜 나만 이렇게 살아야 하나, 죽고 싶을 때도 있었는데. 언젠가 한번은 내가 느끼는 이 분노로 달라지는 것이 대체 뭐가 있을까 하는 생각이 들더라고요. 그 분노는 나를 좀먹는 것 외엔 아무것도 하지 못하는데, 왜 내가 나를 스스로 갉아먹고 있는 걸까 싶어졌어요. 그래서 그 분노를 사포로 조금씩 갈아내야겠다고 결심했죠!

'분노를 사포로 조금씩 갈아내야겠다?'
달순은 예빈의 말을 이해할 수 없어 고개를 갸웃했다. 예빈은 그런 달순의 얼굴을 보며 살포시 미소를 짓고는 남은 말들을 이어갔다.

선인장처럼 가시가 돋은 마음을 사포로 밀어 '갓 삶은 달걀'처럼 매끈매끈하게 만드는 거예요. 세상엔 내가 어찌할 수 없는 나쁜 일들이 무척 많잖아요. 그럼 적어도 나는 나한테 친절을 베풀고, 나 자신을 아껴줘야하지 않겠어요? 나까지 그 나쁜 일들에 편승해 나 자신을 싫어한다면, 내 안의 내가 너무 억울할 거 같아서요. 그리고 보세요! 결국엔 그 노력을 알아주는, 달순 님 같은 분을 이렇게 만났잖아요. 그게 그럼 제가 또 인생을 씩씩하게 살아갈 힘과 이유가 되어주는 거죠.

병실로 돌아온 달순은 예빈에게 받은 쪽지를 개인 사물함 안쪽에 붙였다. 금주를 결심하기 전 지환이 남겨준 편지 바로 옆이었다. 지환의 편지, 그것은 달순이 반드시 술을 끊어야만 하는 이유였다. 수차례 실패한 금주에 등을 돌린 아이들 대신 달순이 붙잡을 수 있는 마지막 동아줄이기도 했다. 어색함에 힘을 주어 꾹꾹 눌러쓴 지환의 글씨를 보고 있으면, 앞으로 어떻게 살아야 할지는 몰라도 '일단' 살아야겠다는 생각이 들었다. 달순은 침대에 누워 편안히 눈을 감았다. 술을 끊어야만 하는 이유 옆으로 붙은 다정한 '공감'과 '위로'를 떠올리는 것만으로도 기분이 좋아졌다.

그날 이후 비로소 달순의 밤에도 어둠이 찾아왔다. 지독한 불면의 원인이었던 머릿속 하얀 형광등이 차단기를 내린 것처럼 딸각 소리를 내며 빛을 죽였다. 매일 밤 달순의 뒤를 끊임없이 쫓던 외로움도 갑작스러운 암전에 길을 잃어 달순과 멀어졌다. 백야가 사라지니 모든 것이 한결 가벼워져 달순을 들뜨게 했다. 달순에겐 더없이 괜찮은 날들이었다.

―이번 달에 퇴원하시죠, 달순 님? 이건 우리 모범생 달순 님께 제가 드리는 선물이에요.

몇 번의 계절이 지났다. 진창이었던 발아래가 서서히 굳어갔다. 예빈과 함께하는 두 번째 여름이 되었을 땐 휘청거리지 않고, 스스로 중심을 잡고 서 있을 정도로 단단해졌다. 달순은 마끈으로 리본을 묶어 최소한의 포장만 갖춘 상자를 물끄러미 내려다보았다. 누군가에게 받는 '선물'이라는 것이 새삼스

럽고 어색했다. 성마른 손이 나비 모양의 매듭 위를 방황했다. 어찌할 바를 몰라 덜덜 떨고 있는 손 위로 예빈의 손이 포개졌다. 달순은 용기를 내어 매듭을 풀어냈다.

상자 속에 숨겨진 것은 절구통처럼 생긴 요상한 모양의 주전자였다. 보통의 주전자와는 달리 있는 둥 마는 둥 짧게 튀어나와 있는 주둥이 때문에 하마터면 그 쓰임을 전혀 알아보지 못할 뻔했다. 달순은 'ㄱ'자로 휘어진 손잡이를 붙잡고 주전자의 표면을 매만졌다. 아무리 곱씹어 생각해봐도 자신에게 주어진 '선물'이라는 것이 설레고 두근거렸다.

"이게…… 뭐예요?"

─모카 포트라고 부르는 커피 주전자예요. 여기 이 부분에 물을 넣고, 원두가 담긴 통을 그 위에 얹어서 아주 약한 불로 끓이기만 하면 에스프레소 같은 커피를 만들 수 있어요.

"아니, 그렇게 끓이기만 해도 에스프레소를 만들 수가 있다고요?"

─네, 참 신기하죠? 달순 님 퇴원하시면 우리 꼭 같이 만들어봐요! 제 가게에서요.

"가게?"

─제가 곧 카페를 오픈할 예정이거든요.

"어머, 잘됐다. 축하해요, 선생님."

─실은 그래서 달순 님께 꼭 여쭤보고 싶은 것이 있어요.

발그레 달아오른 두 뺨으로 예빈이 무언가를 꺼내 책상 위에 올려놓았다. 달순은 딱지 모양으로 반듯하게 접힌 종이 한 장을 들고 예빈을 바라보았다. 예빈은 수줍게 웃으며 어서 펼쳐보라는 듯 두 손을 앞으로 내밀었다.

"근로계약서?"

종이 위에 적힌 글자를 마주한 달순의 눈이 동그랗게 뜨였다. 예빈은 미리 준비해 온 수첩 속 메모를 달순에게 보여주었다. 그 속엔 긴장으로 가득 찬 예빈의 진심이 담겨 있었다.

제가 처음으로 내딛는 서툰 걸음에 달순 님이 함께해주신다면, 저는 너무 기쁠 것 같아요. 저는 달순 님의 따뜻한 목소리가 필요하거든요. 비록 직접 들을 수는 없지만, 알 수 있어요. 달순 님의 목소리가 가진 온기를요. 달순 님만 괜찮으시다면 달순 님과 함께 일하고 싶어요.

한일자로 꾹 닫혀 있던 달순의 입술이 소리 없이 벌어졌다. 무슨 말이라도 해야 할 것 같은데. 당혹감과 두려움, 설렘 같은 감정들이 서로 자기가 먼저 입 밖으로 나가겠다며 혀끝에서 뒤엉켜 넘어지는 바람에 침묵이 깊어졌다. 달순은 예빈에게 받은 종이 위 까맣게 적힌 글자들을 소중하게 매만졌다. 평생 가정이라는 울타리 밖으로 나와본 적이 없던 달순에게 '근로계약서'라는 말은 꿈처럼 멀고 아득하게 느껴지는 것이었다.

이달순 (인)

달순의 눈물이 후드득 서명란을 적셨다.
"아, 아이고, 이를 어째……."
주름진 손이 허둥지둥 눈물 자국을 닦았다. 그 위로 조금 전처럼 예빈의 보드라운 손이 자연스레 포개졌다. 예빈은 괜찮다는 듯 달순을 향해 고개를 끄덕였다. 다정하고도 고요한 그 몸짓에 달순은 그동안 참아왔던 울음을 터뜨렸다. 다시는 없을 것 같던 두 번째, 인생의 시작이었다.

'별다방'의 출발은 2층짜리 허름한 구옥 일부를 부수고 다시 고쳐 세우는 것으로 시작됐다. 예빈이 가진 예산으로 겨우 얻어낸 이 건물은 이차선도로를 가운데 두고 재개발 지역과 미개발 지역으로 희비가 갈린 죽율동에 있었다. 달순의 집과는 마을버스로 한 정거장이면 닿는 바로 옆 동네였다. 달순은 철거 날엔 먼지가 날릴 테니 굳이 오지 않아도 된다는 예빈의 만류에도 불구하고 아침 일찍부터 나와 예빈과 함께 모든 과정을 눈에 담았다.

쾅쾅거리며 커다란 망치로 케케묵은 곳을 헐어내는 소리에 예빈은 걱정스레 달순을 쳐다봤지만, 달순은 오히려 그 소리가 즐거웠다. 오래도록 방치해 여기저기가 망가진 건물은 알코올중독과 우울증, 그로부터 얻은 치매로 어두워진 자신의 내면과 어쩐지 많은 부분이 닮아 있었다. 그래서인지 공사장 인부들이 현장에서 발생한 폐기물을 수레에 싣고 지나가는 모습을 보고 있으면, 처리할 방법을 몰라 마음속에 꾸역꾸역 담고 있던 못난 기억들까지 덩달아 버려지는 것 같아 후련한 기분이 들었다. 달순은 두 달 가까이 진행된 리모델링 공사를 기꺼운 마음으로 지켜보았다.

"여기 이 집으로 이사 오시나 봐요?"

철거 이틀째. 요즘 시대엔 보기 드물게 '슈퍼' 간판이 달린 옆옆 건물에서 안경을 쓴 중년 여성이 나와 달순에게 물었다. 달순은 자초지종을 설명하며 이 건물 1층에 카페가 생길 거란 말을 덧붙였다. 중년 여성은 카페라는 단어에 크게 반색을 하더니 재빨리 슈퍼에서 가져온 오렌지주스 한 병을 달순에게 내밀었다.

"어머, 길 건너도 아니고, 어떻게 이쪽으로 카페를 낼 생각을 다 하셨을까. 저는 여기 원형 슈퍼 운영하는 윤명숙이라고 하는데, 제가 커피를 정말 좋아하거든요. 아휴, 정말 환영해요. 뭐든 도울 게 있으면 말씀만 하세요."

"감사합니다. 저는 이달순이에요."

넉넉하게 지어 보이는 명숙의 웃음에 달순의 입가에도 미소가 떠올랐다. 사회로 나와 처음으로 통성명을 하며 서로의 어깨를 포근한 눈길로 쓰다듬고 있자니 어린 시절 새로운 동무를 사귀던 때처럼 가슴이 두근거렸다. 그 순간 달순은 진심으로 살아 있음을 느꼈다.

―자, 달순 님. 여기 이 기계가 에스프레소를 내리는 기계예요. 오늘 제가 먼저 시범을 보이고, 사용 방법을 알려드릴 텐데, 쪽지에도 따로 적어서 여기 붙여놓을게요. 먼저 전동 그라인더로 원두를 갈고…….

본격적으로 가게를 오픈하기 전, 달순은 수없이 많은 반복 훈련을 하고, 몸으로 하는 일은 최대한 몸이 기억할 수 있도록 학습했다. 자신들만의 규칙도 만들었다. 한가할 때 들어오는 아메리카노 주문은 가능한 한 달순이 해결할 것. 거기에 익숙해지면 조금 더 어려운 음료도 도전해보자고, 예빈은 말했다.

그리고 매서운 겨울이 지나간 봄의 초입. 카페 '별다방'의 문이 열렸다.

작은 동네에 열린 작은 카페는 크게 북적이지 않았다. 예빈 명의의 건물이라 월세가 들지 않는 것이 그나마 다행이었다. 예빈은 이러한 상황을 예상이라도 한 듯 느긋했으나 달순의 마음은 조급해졌다. 작업의 숙련도를 높이기 위해 아침마다 자신과 예빈 몫의 커피를 내리고, 시간이 되는대로 틈틈이 예빈에게 수어도 배워가며 만반의 준비를 했다. 하지만 카페는 하루 평균 손가락으로 헤아릴 수 있을 정도의 손님이 오갈 뿐이었다.

그러던 어느 날, 폭우가 쏟아지던 늦은 저녁. '별다방'을 특별하게 만들어줄 손님이 찾아왔다.

이제 막 카페 문을 닫으려던 시각이었다. 간판 불을 끄려는 순간, 하늘에서 번개가 번쩍였다. 마치 살수차가 작정하고 뿌리는 것처럼 사납게 퍼붓는 빗줄기에 예빈과 달순이 동그란 눈으로 창밖을 내다보고 있었다. 그때, 비에 젖은 남자가 들어왔다. 귀까지 빨갛게 달아오른 얼굴. 갈지자로 비틀거리는 걸음. 가슴을 들썩이며 내뱉는 밭은 숨에서 느껴지는 지독한 소주 냄새. 취객이었다. 남자의 모습을 확인한 예빈의 머릿속에 적색경보가 울렸다. 어렵게 술을 끊은 달순에게 술 냄새는 위험했다. 예빈은 남자와 마주 선 달순의 뒷모습을 불안한 눈빛으로 지켜보았다.

심상치 않음을 감지한 것은 달순 역시 마찬가지였다. 하지만 우산도 없이 홀딱 젖어 카페 안으로 들어온 손님을 내쫓을 수는 없었다. 달순은 편한 곳에 앉으라는 말과 함께 남자에게 길을 내주었다.

"…… 따뜻한 아메리카노, 한 잔 주세요."

바 테이블에 자리를 잡고 앉은 남자가 말했다. 술기운에 가라앉은 목소리는 생각보다 정확한 문장을 만들어냈다. 예빈은 달순이 주문을 처리할 수 있도록 한 발자국 뒤로 물러섰다. 달순은 예빈에게 배운 대로 커피를 내리기 시작했다.

알싸한 소주 맛 커피

'사실상 코로나19 팬데믹 끝 엔데믹 과정에 들어서…….'
1년 전.
포털 메인 화면에서 그 기사 제목을 보았을 때 경수는 진심을 다해 환호성을 질렀다. 3년 4개월. 지긋지긋하게 달고 살던 불안과 찜통더위에도 자유롭게 숨 쉬지 못했던 입과 코를 마침내 마스크로부터 해방시켜줄 수 있게 되었다는 기쁨의 표출이었다.
2019년 11월 중국에서 처음 발생한 코로나19는 전염성은 물론 치사율까지 높은 수준에 달해 순식간에 전 세계를 패닉에 빠뜨렸다. 그것은 비단 질병 감염에 대한 문제만이 아니었다. 출처가 확실하지 않은 루머는 인터넷을 통해 빠르게 확산되었고, 코로나19 바이러스가 보균자와의 직접적인 접촉뿐만이 아닌, 공기 중으로도 감염이 가능하다는 소식이 도시 괴담 같은 것이 되어 사회 전반을 흔들었다.

질병관리청은 근거 없는 소문에 강력하게 대응하는 한편 마스크 착용을 의무화하고, 집단 모임을 법적으로 금하는 등 전례 없는 진화 작업에 나섰다. 하지만 사람들이 우스갯소리로 말하던 세계인의 조별 과제는 각고의 노력이 무색할 정도로 끝이 보이지 않는 긴 터널을 지났다. 이러한 과정에서 발생한 경제공황은 소시민의 삶을 살고 있는 경수에게도 직격타가 아닐 수 없었다. 경수는 빚만 잔뜩 남기고 가게 문을 닫는 자영업자 친구들과 권고사직이나 정리해고 같은 말들로 힘들게 지켜온 자신의 자리를 허무하게 빼앗긴 지인들 사이에서 살아남았다는 안도와 함께 살아남았다는 죄책감에 괴로워해야 했다.

이렇듯 온 지구가 흔들리는 거센 혼란 속에서도 삶은 지속됐다. 아침에 알람이 울리면 마스크를 챙겨 출근하고, 단 한 순간도 마스크를 벗지 못한 채 일하며, 단체 감염 우려로 운영이 중단된 구내식당 대신 편의점 도시락으로 끼니를 때우는 날들이 이어졌다. 하지만 그런 중에도 QR코드며 번잡스러운 전화 인증을 모두 이겨내고 꾸역꾸역 갖는 친구들과의 술자리는 결코 포기할 수 없었다. 오후 10시 정각이면 무조건 자리를 파해야 하고, 최소 인원마저 엄격히 규정되어 있는 제한적인 상황이었지만, 그마저도 없다면 인생이 너무 삭막해서 정말이지 죽을 것만 같았다.

"야야, 인생 뭐 있어. 인생 한 방이야. 요즘 같은 시대에 평생 직장이 어딨냐. 당장 내일 회사에 출근했을 때 내 책상이 멀쩡하게 있으리라는 보장 있어? 없어, 없단 말이야. 만약에 진짜 벼락 맞을 확률로 로또 1등에 당첨됐다 쳐도, 차 떼고 포 떼면 정작 내 손에 들어오는 건 몇 푼 되지도 않는 푼돈이라고. 그럼 정답은 뭐냐. 주식이지, 주식."

코로나 이후 대화의 주제는 어딜 가나 먹고사는 이야기로 귀결됐다. 물론 먹고사는 일이야 코로나가 아니어도 늘 고달프고, 눈을 깜빡이거나 숨을 쉬는 것처럼 피할 수 없이 당연한 것이었지만, 팬데믹이 불러온 경제공황으로 인해 주머니 사정이 궁핍해지자 본업 외에 여윳돈을 마련할 수 있는 방법들이 유행처럼 번졌다. 그리고 어느 무리에나 자신이 고수하는 길에 대해 일장 연설을 늘어놓으며 그 길에 동행할 것을 강요하는 사람이 꼭 한 명쯤은 존재했다.

"글쎄……. 난 주식 그거, 하는 게 맞는 건지 솔직히 잘 모르겠어."

"와, 넌 진짜 애가 감이 없는 거냐, 아님 위기의식이 없는 거냐. 아니, 어떻게 이렇게 한갓진 생각을 하고 있지? 너 어디 가서 저는 주식 안 해요, 가상화폐? 그게 뭐예요? 저는 아무것도 몰라요. 한번 이래 봐. 야, 그, 그거 뭐지? 국보? 아니, 국보 말고, 어어, 그래그래. 천연기념물! 너 천연기념물 뭔지 알지? 그거 취급 당해. 알아?"

이미 다 타다 못해 비쩍 말라비틀어진 삼겹살을 앞에 놓고 마스크도 쓰지 않은 채 침을 튀기며 열변을 토하는 재범과 일찌감치 취해 팔짱을 끼고 앉아 있는 동현은 경수의 중학교 동창으로 소위 말하는 죽마고우였다. 생각해 보면 중학교 재학 시절에는 도토리 키 재기라고 다 고만고만한 미래를 살 것 같았는데. 동네 유지인 할아버지를 등에 업은 재범의 뒷심은 수험생 신분이 되자 엄청나게 달라졌다. 재수 끝에 지방대에 들어간 동현과 삼수 끝에 간신히 수도권 대학에 입학한 경수와는 달리, 고액 과외를 통한 서울 4년제 대학의 문을 가뿐히 뛰어넘어 학연, 지연, 혈연을 이용해 졸업과 동시에 중견기업 입사까지. 재범은 말 그대로 난놈이 되었다. 그러니 당최 무슨 말인지 알 수 없는 허무맹랑한 소리라도 경수는 일단 끝까지 들어는 볼 요량으로 '아, 그렇구나.' 하며 고개를 끄덕이는 것이었다.

"너 대전에 집 샀다며, 코로나 터지기 전에. 식구들 다 고향 보내놓고 혼자 하는 서울살이 지겹지도 않냐? 빨리 그 집 대출금 갚고 살림 합쳐야 할 거 아냐."

대출금. 소주와 함께 집어삼켜도 목구멍 사이에 콱 하고 걸리는 그 단어에 경수는 턱밑으로 내려두었던 마스크를 코끝까지 바짝 올려썼다. 하루 종일 쓰고 있느라 이미 축축하고 눅눅해진 마스크 안 가득 소주와 삼겹살 냄새가 진득하게 뒤섞였다.

"근데 그거 주식 말이야. 회사 사람들 하는 거 보니까 리스크가 엄청나던데. 손해도 많이 보고. 괜히 긁어 부스럼 만드는 거 아니냐. 솔직히 가만히 있으면 중간이라도 간다고, 가지고 있는 돈만 지켜도 잃을 건 없는 거잖아."

딱 한마디. 10여 분을 내리 듣고만 있다가 딱 한마디 건넨 말에 재범의 미간이 좁혀졌다.

"이 새끼, 이거 은근 거저먹으려고 하네? 세상에 리스크 없는 장사가 어딨냐? 가만히 있으면 중간이라도 간다고? 대체 언제 적 얘기를 하고 있는 거야. 그러다가 회사 잘리면? 당장 금리라도 오르면 어쩔 건데? 그거 아니면 뭐 다른 방법 있어? 막말로 우리가 동영상을 만들 거야, 인플루언서가 될 거야?

컴퓨터라고는 회사에서 써먹는 엑셀 수식이나 몇 줄 두드리는 게 전분데 그런 허접한 실력으로 온라인 창업 같은 게 가당키나 할 것 같냐고."

"옳소!"

빨갛게 달아오른 얼굴을 큼지막한 손으로 벅벅 문지르던 동현이 대뜸 주먹을 쥐고 소리쳤다.

"야, 좀 작게 말해. 사람들이 다 쳐다보잖아."

경수는 순식간에 집중된 이목에 멋쩍은 듯 다른 손님들을 향해 어색한 미소를 지어 보였다. 하긴 동현이야 코로나를 직격타로 맞고 일찌감치 권고사직을 당했으니 재범의 말이 가슴에 꽂히는 것도 어찌 보면 당연한 일이었다.

"근데 너는 요즘 치킨집 그거 잘되고 있는 거 아니었어?"

"치킨집이 잘돼봤자 치킨집이지. 창업하는 데 퇴직금 다 부어놓고 보니 가게 매출로는 그냥 겨우겨우 입에 풀칠이나 하는 수준이야. 이마저도 손님이 언제 끊길지 모르는 거고."

"하아."

테이블에 팔꿈치를 기대고 그 위로 삐딱하게 머리를 괴고 있던 동현과 다시 마스크를 잠깐 내리고 소주 한 잔을 꿀꺽 삼킨 경수의 입에서 동시에 한숨이 터졌다. 아닌 게 아니라 정말 사는 게 막막했다. 40대 중반이면 아직도 한창나이인데, 착실한 노후 준비는커녕 당장 다가올 내일부터가 문제라니. 식도를 타고 내려가는 소주의 뒷맛이 썩 좋지 않았다.

"자, 잘 들어봐. 나 학교 선배 중에 여의도에서 완전 잘나가는 주식 브로커가 있어. 며칠 이따 그 선배가 확실하게 대박 나는 소스 하나를 알려주기로 했거든? 아, 이거 아무한테도 말하지 말라고 신신당부했는데 나 아니면 또 누가 너희를 챙기겠냐. 나 진짜 선배한테도 말 안 하고 몰래 오픈하는 거니까 너희는 총알이나 좀 챙겨와. 이 형님이 너희들 앞으로 먹고사는 일 걱정 없게 해줄 테니까."

그게 2021년, 꼬박 3년 전 이야기였다.

이제와 이런 말을 한들, 달라질 건 아무것도 없겠지만. 인간이 잔인한 이유는 간절함을 이용해먹는 유일한 동물이기 때문이다. 돈 앞에서 사람들이 어떻게 변하는지 깜깜이 모를 만큼 순진한 것도 아니었는데, 30년 우정을 그렇게 엿 바꿔 먹듯 가볍게 팔아넘길 거라고는 상상조차 하지 못했다. 난놈인 줄 알았던 재범은 온 웅덩이를 흐리는 미꾸라지였다. 그것도 가족 같던 친구들을 진창으로 빠뜨리고 저는 혼자 유유히 사라져버린 악질 중의 악질 미꾸라지. 아니, 이건 어쩌면 미꾸라지에게도 실례가 되는 말일지 모른다. 미꾸라지는 몸에 좋기라도 하지. 김재범 그 새끼는 진짜.

상황이 더 억울한 건 재범을 향한 원망이 고작 반쪽짜리밖에 되지 못한다는 사실이었다. 누굴 탓하겠는가, 결국 사탕발림에 속아 덥석 돈을 쥐여준 건 저 자신이거늘. 경수는 손에 든 레쓰비 캔을 와드득 구겨버렸다.

"좀 괜찮냐?"

"경수야, 나 곧 이혼한다."

"이혼?"

"응, 시아 엄마가 도장 찍으래. 서류는 다 준비해놨다고."

하나의 가정이 부서졌다. 한 사람의 인생이 무너져내렸다. 쉬지 않고 담배 연기를 뿜어대는 동현 앞에서 경수는 입을 다물 수밖에 없었다. 이게, 30년 지기 친구들을 배신한 김재범이 남긴 참혹한 결말이었다. 한 놈은 그나마 잘 굴러가고 있던 치킨집도 팔아넘기고, 다른 한 놈은 월세방 보증금까지 탈탈 털려 손바닥만 한 회사 기숙사로 쫓겨 들어가게 된 것이. 속이 답답했다. 무언가 얹힌 것처럼 명치에서 뻐근한 통증이 느껴졌다. 힘들게 벌어놓은 돈이 주식으로 휴지 조각이 된다는 건 다 남 일인 줄 알았는데. 그러게 그냥 가만히 있을 걸 그랬다. 아무 일도 벌어지지 않게 그저 가만히나.

"힘…… 내라. 나도 이 말밖에 해줄 수 있는 게 없어서 마음이 안 좋다. 그 이혼 얘기는 무릎 꿇고 싹싹 빌어서라도 어떻게든 막아보고, 인마."

경수는 풀이 죽어 있는 동현의 어깨를 툭툭 털어주고 자리에서 일어났다. 그러자 대화를 나누는 내내 땅에 처박혀 있던 동현의 얼굴이 해를 따라오는 해바라기 고개처럼 주욱 하고 따라왔다. 이런 표현은 청량하고 풋풋한 장면에나 쓰는 것임을 알지만, 정말이지 미친 듯이 볕이 좋은, 여름이었다.

"넌 뭐, 또 택배 상하차 뛰러 가냐?"

"그래야지. 노느니 염불한다고. 뭐라도 해서 벌어야지 어쩌겠냐."

"와이프한텐 아직도 말 못 했고?"

"뭐 하러. 뭐 하러 그 사람까지 이 지옥에 끌어들여."

"그래도 상황 봐서 얘기해. 숨긴다고 뭐가 해결되는 것도 아닌데."

기쁨은 나누면 두 배가 되고, 슬픔은 나누면 반이 된다지만, 고통은 아니었다. 고통은 빌어먹을 코로나19처럼 치사율이 높은 전염병 그뿐이었다. 내가 언제 죽을지도 모르고, 나아진다고 해서 전과 같은 생활을 할 수 있을지 없을지도 모르는.

"아무튼 나 먼저 간다. 너도 이렇게 길거리에서 술만 퍼먹고 있지 말고, 뭐라도 해. 내가 할 말은 아니지만."

경수는 구겨지다 못해 납작해진 커피 캔을 쓰레기통에 던져 넣고 동현의 옆으로 굴러다니는 초록색 소주병 두어 개도 주워 버리며 생각했다. 저 멀리 중절모를 쓰고 허리를 꼿꼿하게 편 채 바둑을 두고 있는 노인의 모습이 지금 이 순간 그 누구보다도 멋지고, 부럽다고.

 신은 우리가 견딜 수 있을 만큼의 고통만 주신다고 누가 말했더라. 만약 그 말이 사실이라면 아무래도 날 너무 과대평가하고 있는 것 같은데. 하얀 벽으로 둘러싸여 알코올 냄새가 솔솔 풍기는 공간에서 경수는 소리 없는 아우성을 질렀다. 사실은 고래고래 악을 쓰며 주변에 있는 것들을 모조리 다 때려 부수고 싶은 걸 간신히 참는 중이었다.
 사는 게 왜 이럴까. 아무리 발버둥을 쳐도 진창에 빠진 몸은 자꾸 가라앉기만 한다. 재범에게 속아 그나마 가지고 있던 돈도 모두 날리고, 자는 시간까지 쪼개가며 N잡을 뛰게 된 것은 백번 양보해서 자신의 탓이라고 쳐도. 이건, 이건 정말 아닌 것 같은데.
 '회사 사정이 안 좋아져서 다음 달부터 인원 감축에 들어가기로 했어. 아, 정말 경수 씨한테 이런 말 하기 너무 미안하네. 경수 씨가 얼마나 열심히 일하는지 잘 알지, 잘 알아. 근데 나도 이게 위에서 시켜서 하는 거지 좋아서 하는 일은 아니니까……. 경수 씨가 내 사정 좀 이해해줘. 회사는 이번 달까지만 나오면 되고, 퇴직금이랑 위로금, 실업급여 같은 건 걱정하지 말고, 응?'

회사가 곧 부도날 것 같다는 소문은 익히 들어 알고 있었다. 휴게실에서, 화장실에서, 탕비실에서 직원들이 모이기만 하면 수군거리는 말을 경수도 귀가 있으니 듣지 않을 수 없었다. 하지만 이런 식으로 자신에게 해고통지서가 날아올 줄은 꿈에도 생각하지 못했다. 언젠가 회사가 문을 닫고 정문에 붙은 간판이 떨어지게 되면 그땐, 회사와 함께 자신의 책상이 없어져도 겸허히 받아들이겠노라 굳은 다짐을 새기고 있었는데. 그 날이 이렇게 갑작스레 찾아올 줄이야.

'쯧, 그냥. 이미 침몰하기 시작한 배에서 먼저 탈출한 거라고 생각해.'

'그래그래. 어차피 다들 얼마 안 남았다고 생각하고 있어. 우리도 곧 따라갈 거야.'

과자 부스러기에 모여드는 개미 떼처럼 사람들은 너 나 할 것 없이 경수의 어깨를 두드리며 말했다. 경수는 천장까지 재고가 높게 쌓인 창고에서 크게 한숨을 쉬며 눈을 질끈 감았다.

상황이 어떻든 남겨진 자들의 위로는 하나도 도움이 되지 않았다. 오히려 시끄럽게 속을 휘저어 태풍 같은 분노를 불러일으켰다. 이미 침몰하기 시작한 배에서 먼저 탈출한 거라고 생각하라니. 막말로 해고는 해고일 뿐이다. 침몰하기 시작한 배에서 탈출했다고 해봤자, 망망대해 한가운데에 홀로 버려져 저체온증에 걸리거나, 희망과 기대도 없이 그저 익사하길 기다리는 것과 무엇이 다르단 말인가. 그건 '탈출'이 아니라 명백한 '수장'이었다.

재범의 말이 옳았다. 요즘 같은 시대에 평생직장이라는 건 있을 수 없고, 언제든 회사에 내 책상이 있을 거라는 믿음은 일확천금의 요행을 바라는 것보다 더 미련한 짓이었다. 헛된 희망은 손에 쥐기 전까진 결코 사라지지 않지만, 실체가 있는 믿음은 깨지고 조각나 결국 이렇게 상처를 남기고 마는 것을 왜 미리 알지 못했을까.

휘청. 바람도 불지 않는 창고인데 커다랗게 몸이 흔들렸다. 끼익. 지면에서는 제대로 볼 수 없는 재고를 확인하기 위해 사다리를 딛고 선 경수의 발아래에서 불길한 쇳소리가 흘렀다. 덜그럭덜그럭. 분명 습관처럼 꼼꼼하게 안전 점검을 마치고 올라탄 사다리가 'ㅅ' 형태를 유지하지 못한 채 점점 'ㅡ' 형태로 벌어지고 있었다. 타악. 마침내 이음새를 고정하던 부품이 본체에서 탈락하며 경수의 몸이 와르르 우레탄 바닥 위로 떨어졌다.

쾅!

커다란 굉음과 함께 온몸이 부서질 듯한 충격으로 괴로워하던 그 짧은 순간, 경수는 몇 달 전 관리팀 팀장과 나누었던 대화를 환청처럼 떠올렸다.

'저기, 팀장님. 우리 재고 창고 사다리 말인데요.'

'아, 어디? 그 저쪽 막사 창고 말하는 건가?'

'네, 그게 너무 오래돼서 아무래도 교체를 해야……'

'아휴, 김 과장. 그거 괜찮아. 괜찮은 거야. 내가 며칠 전에도 아무 이상 없는 거 확인했어. 그리고 지금 회사가 거기 돈 쓸 때도 아니고 참, 알 만한 사람이 그러네.'

의식의 흐름이 끊기고 정신을 차렸을 땐 병원 응급실이었다. 어쩐지 자유롭지 못한 몸에 시선을 아래로 내리자 오른쪽 다리에 둘둘 감긴 누런 붕대가 보였다. 하얀 벽으로 둘러싸여 알코올 냄새가 풀풀 풍기는 공간에서 경수는 아무 죄 없는 침대를 두 주먹으로 부서져라 쳐댔다. 손등에 꽂힌 링거 바늘이 따갑고, 미처 회복되지 못한 등짝과 허리가 살려달라며 비명을 질렀지만, 정작 이대로 죽을 것 같은 건 경수 자신이었다.

차라리 눈 뜨지 않았다면 좋았을걸.

빠르게 머릿속을 채우는 문장에 정신이 번쩍 들었다. 추운 겨울날 준비도 없이 한파를 마주한 사람처럼 소스라치게 놀란 몸이 뻣뻣하게 굳었다. 살면서 이런 생각을 처음 해봤다고 하면 거짓말이겠지만, 그게 정말 현실이길 바란 적은 단 한 번도 없었는데. 비정한 삶은 저벅저벅 걸어와 벼랑 끝에 매달린 절박한 손가락마저 하나하나 떼어내려 하고 있었다.

경수는 자포자기한 심정으로 베개에 머리를 기댔다. 응급실 공기는 냉정하고, 안정을 취하기엔 한없이 소란하며, 분주하고, 번잡했다. 이제 막 깨어난 정신이 예민해지며 뇌가 그것을 인지하기 시작하자 모든 게 다 불편해졌다. 머리맡에 걸린 수액 봉지는 아직도 새것처럼 빵빵하고, 언제 집에 갈 수 있을지도 모르겠는 상황에 돌아갈 집이라고 한들 결국 회사 기숙사방밖에 없었다. 그나마도 오늘 해고 통보를 받았으니, 이제 정말 꼼짝없이 거리로 내몰릴 판이었다.

눈앞이 캄캄했다. 세상이 무게중심을 잃고 와르르 쏟아져 자신을 덮치는 기분. 하얗게 내리쬐는 형광등 불빛을 피해 감은 두 눈에서 뜨끈한 물줄기가 흘러내렸다. 대체 내가 뭘 그렇게 잘못했어. 그 누구도 답해주지 못할 물음만이 경수의 가슴을 가득 채워 매캐한 연기를 드리웠다.

빈털터리가 된 채로 맞이한 엔데믹에서 가장 반가운 것은 바로 이 편의점 테이블이라고 경수는 생각했다. 엑스 자로 교차되어 있는 앙상한 네 개의 다리. 파랗고 동그란 플라스틱 판때기 위로 주르륵 늘어놓은 소주병 몇 개. 고달픈 삶에 지친 영혼들을 위로해주는 유일한 것. 종이컵을 살 돈도 아까워 기다란 주둥이를 붙잡고 다짜고짜 때려 넣는 술에 내장이 뒤틀렸지만, 추락의 여파로 얻은 타박상의 고통은 불행 중 다행으로 엷어져 피식피식 웃음이 새어 나왔다.

"아…… 이거 왜 이러냐, 이거. 드디어 머리가 어떻게 됐나 보네. 왜 자꾸 웃음이 나오냐. 야, 야, 김경수 인마! 정신 차려, 정신! 흐흐. 악! 아, 죄송, 죄송합니다아!"

술기운에 휘청거리는 몸을 버텨내지 못한 의자가 드르륵 소리를 내며 옆으로 쓰러졌다. 경수는 아무도 없는 거리에 굽신굽신 인사를 올리고 볼품없이 널부러진 의자를 일으켜 세웠다. 자세히 살펴보니 한쪽 다리가 깁스를 하고 있는 자신의 다리처럼 휘었나? 부러졌나? 고장이 난 것 같았지만. 저 멀리 쌓여 있는 다른 의자를 향해 나아갈 의지도, 기력도 없어 그냥 망가진 의자에 주저앉았다.

큰일 났네. 어떻게 끌어 올린 취기인데. 바닥으로 한번 내동댕이쳐진 몸에 조금씩 현실감이 돌아오고 있었다. 봄추위로 딱딱하게 굳어진 손과 발이 느껴지고, 코로나에 걸린 것처럼 아무 냄새도 맡을 수 없던 코끝으로 물비린내가 몰려들었다. 물비린내? 물비린내가 왜 나지? 무언가에 집중하기 시작하자 관자놀이가 못질하듯 아파왔다. 경수는 붉게 달아오른 얼굴을 벅벅 문지르고 소주병 옆에 놓인 휴대폰을 물끄러미 바라보았다.

"……"

주마등이라는 게 꼭 죽기 직전에만 스치는 것은 아닌 듯했다. 까맣게 죽은 액정 위로 지난했던 과거가 줄지어 떠오르는 걸 보면, 죽음이란 그저 상징적으로 쓰이는 단어 같기도 하고.

퇴직금은 얼마나 나올까. 겨우 최저임금을 맞춰주던 말단을 벗어나 대리라는 직급을 달았을 땐 지금 월급으로 여길 그만두면 대충 얼마가 나오겠다, 하며 계산기를 두드려보곤 했는데. 막상 그 순간에 직면하니 이것저것 떼고 나면 아무것도 남지 않겠구나, 싶어 한숨이 흩어졌다.

난 대체 그동안 무얼 하며 살았던 걸까.

생각해보면 경수의 인생은 뭐든지 남들보다 느리게 흘러갔다. 대학도 삼수 만에 겨우 들어갔고, 워홀을 다녀온답시고 남들보다 졸업도 늦게 했다. 그저 남들만큼만, 남들만큼만 하며 어영부영 살다 보니 취직도 늦어졌고, 서른이 조금 넘은 나이에서야 지금 다니는 회사에 겨우 발을 붙일 수 있었다. 그러니까 경수에게 사회생활이란 매정하게 자신을 버린 이 회사가 전부였기에 더 막막했다. 취업이 늦어진 탓에 늦게 한 결혼과 뜻하지 않게 늦어진 출산으로 이제 막 돌이 지난 아이에게 앞으로 19년 이상 더 돈이 들어갈 텐데, 이제 어떡하지.

아내에게 말할 생각을 하니 정신이 말짱해졌다. 테이블 위로 초록색 병이 줄지어 늘어서 있었다. 하나, 두울, 세엣. 한숨이 절로 나왔다. 아이가 태어나기 전 끊었던 담배가 간절해지는 순간이었다. 하지만 그것도 잠시 머릿속으로 담뱃값을 계산해보고는 차라리 술이나 한 병 더 사먹어야 생각했다.

네 병. 마침내 바닥이 올라오고 가로등이 기울었다. 경수는 자리를 털고 일어나 절뚝절뚝 밤거리를 걷기 시작했다. 마을버스조차 끊긴 시각. 동네는 쥐 죽은 듯 조용했다.

번쩍!

젠장, 올해가 삼재인가. 아닌데. 분명 지났을 텐데. 해고를 당한 것도 미칠 노릇인데 이젠 마른하늘에 날벼락까지 친다. 게다가.

투두둑.

"아."

한 방울 두 방울 뭐가 떨어지나 싶더니, 맙소사 비까지 쏟아진다. 그것도 아주, 많이. 아까 편의점 앞에서 맡았던 물비린내의 정체가 이거였나 보다. 경수는 아무도 없는 길 한복판에서 비명을 지르며 발을 굴렀다. 그리고 그때 다시 한번 번쩍, 질끈 감은 눈 사이로 노란빛이 스며들었다. 고개를 들어 시선을 마주한 곳엔 '별다방'이라고 쓰인 간판이 있었다.

어떻게 이 안으로 들어오게 된 건지 기억조차 나질 않았다. 그저 본능이, 경수의 마음속 깊은 곳에 잠들어 있던 살고자 하는 의지가 폭우를 피해 무작정 이 가게의 문을 연 듯싶었다.
"어서 오세요."
어서 오세요. 그렇게 말하는 목소리에서 훈기가 느껴졌다. 근래 들었던 것 중 가장 온화한 목소리였다. 경수는 자신도 모르는 사이 터덜터덜 공간을 가로질렀다. "편하신 곳에 앉으세요." 하며 그림자처럼 따라붙는 목소리에 비로소 숨이 쉬어지는 기분이었다.
"…… 따뜻한 아메리카노, 한 잔 주세요."

금방이라도 땅으로 꺼져버릴 듯 지친 몸을 의자에 기대고 앉자, 그다음으로 해야 할 일은 의외로 금세 명확해졌다. 주문. 무언가를 파는 상점에 들어왔다면, 마땅히 그에 맞는 주문을 해야 했다. 경수는 하루에도 몇 잔씩 습관처럼 마시던 아메리카노를 주문했다.

"잠시만 기다려주세요."

한 번 더. 이번엔 카운터 안쪽에서 들려오는 목소리에 고개를 들어 보니, 경수의 어머니와 비슷한 연배의 아주머니가 믹서기 같은 기계를 작동하고 있었다. 그리고 그 옆엔 아주머니의 손녀뻘 정도로 보이는 어린 직원이 식기를 정리하는 척 경수의 동태를 살피고 있었다.

사회생활을 하며 꾸준히 먹어온 것이 눈칫밥이었다. 소주 네 병으로 알딸딸해진 정신에도 그 정도의 기류는 구분할 수 있었다. 왜 저렇게 경계하는 걸까. 늦은 시각 혼자 카페를 찾아온 아저씨 손님이 달갑지 않은 걸까. '아, 물에 빠진 생쥐 꼴을 하고 갑자기 들이닥친 취객에게 적개심을 품는 건 당연한 일이겠구나.' 거기까지 생각이 미친 경수의 젖은 어깨가 움츠러들었다.

'커피만 얼른 마시고 나가야겠다.'

조용하던 공간으로 전동 그라인더 기계음이 가득 찼다. 미묘하게 변한 경수의 표정을 감지했는지 식기를 정리하던 직원이 행주를 들고 경수의 뒤쪽으로 걸음을 옮기는 게 보였다. 경수는 주눅이 든 숨을 내쉬었다. 어딜 가도 제 한 몸 편히 쉴 수 있는 공간이 없다는 사실이 서글펐다.

"주문하신 음료 드릴게요."

경수가 일하는 공장단지에는 프랜차이즈 카페가 즐비했다. 하루 최소 9시간. 실질적으로는 그보다 더한 시간을 일해야 하는 월급쟁이들이 끼니를 챙기듯 아침에 한 번, 점심에 한 번, 저녁에 한 번. 1리터에 육박하는 검은색 액체를 생명수처럼 들이마시기 때문이었다.

오피스 상권에 있는 카페들은 피크 타임에 몰려드는 주문을 얼마만큼 빨리 쳐내느냐 하는 싸움에 늘 시달렸다. 덕분에 테이크아웃 창구는 전보다 넓어지고, 손님을 수용할 수 있는 내부 공간엔 의자와 테이블 대신 커피머신이 더 놓였으며, 알바생들은 마치 전력으로 움직이는 기계처럼 움직여야 했다.

불과 어제까지만 해도 경수에겐 그 광경이 당연한 것이었다. 하지만 서툴고 느린 손길로 겨우 커피 한 잔을 만들어낸, 아마도 이 공간의 주인일 어르신 앞에서는 익숙하다고 여겼던 모든 분주함이 전부 다 부질없는 것으로 전락하고 말았다. 이곳은 기이하다 싶을 정도로 시간이 느슨하게 흘렀다.

"……."

까만 머그잔에 담긴 까만 액체에서 하얗고 보드라운 김이 솟아났다. 아지랑이처럼 느릿느릿 춤을 추며 피어오른 그 김에선 따뜻하고, 고소한 냄새가 났다. 찬 바람에 얼어붙은 얼굴로 더덕더덕 들러붙은 수증기에 피부가 따끔거렸다. 경수는 한참 동안 날 선 감각에 넋을 놓다 두 손으로 조심스럽게 머그잔을 움켜쥐었다.

"여기."

"네?"

"수건으로 물기 좀 닦아요. 그러다 감기 걸리겠어요."

"아…… 감사합니다."

거칠고 투박한 손으로는 차마 받기 어려울 만큼 버석하게 잘 마른 수건이 경수에게 닿았다. 부르튼 손바닥 안으로 파고드는 선하고 선명한 감촉에 더벅더벅 눈물이 났다. 한껏 수그린 고개와 함께 낙하한 눈물이 아직 입도 대지 못한 커피 위로 떨어지자, 방울방울 조막만 한 파동이 일었다.

"아이고, 다리도 불편한데. 이런 날 어쩌다 이렇게 술을 많이 마셨어요."

"죄송합니다……. 죄송, 해요……."

경수의 몸에서 흘러내린 빗물이 경수가 앉은 의자 아래 웅덩이를 이뤘다. 경수는 잔뜩 웅크린 어깨를 떨며 연신 죄송하다는 말만 반복했다. 테이블 너머에 선 주인어른의 당혹스러움이 빨갛게 달아오른 정수리까지 전해졌지만, 찰박거리는 울음을 멈출 수가 없었다.

"무슨 안 좋은 일이라도 있었어요? 말하고 싶지 않으면 대답하지 않아도 괜찮아요. 그런데 그렇게 혼자 끙끙 앓다 보면 마음에 병이 들어요."

마법 같은 목소리였다. 이 나이쯤 되면 먹고사는 일이 바빠 친구들과의 관계도 소원해지고, 사회생활을 하며 알게 된 이들에겐 알량하게라도 남은 자존심을 지키느라 털어놓을 수 없는 말이 많았다. 그렇다면 가족들은? 가장 가까이에서 나를 지켜봐주고 믿어주는 사람들에게 힘듦을 토하기란, 그들의 겪을 실망과 상실의 고통을 쉬이 짐작할 수 있어 절대 입을 뗄 수 없었다.

경수는 이제 막 적당한 온도로 식은 커피를 꿀꺽꿀꺽 집어삼켰다. 따뜻한 기운이 식도를 타고 몸속 깊은 곳에 닿자, 썩어 문드러져 상한 음식처럼 부풀어 오른 무언가가 왈칵 소리를 내며 터졌다.

"사는 게…… 왜 이렇게 힘들고, 어려울까요."

"……."

"나름대로 열심히 살아왔다 생각했는데 결국, 이렇게 되고 말았어요. 딱 한 번. 정말 딱 한 번 어쩌다 잘못된 선택을 했을 뿐인데. 그동안 살았던 인생을 모두 부정당하는 기분이에요. 뭘 어떻게 해야 하는 건지 모르겠어요. 발버둥 치면 칠수록 상태는 점점 더 나빠져요. 모든 게 다 엉망이 되었어요."

꼴사나운 짓이란 걸 알지만. 테이블 위로 쿵, 머리를 박고 엉엉 울었다.

누군가의 동정이나 연민을 바라며 이야기를 시작한 것은 아니었지만, 북받친 설움을 주워 담을 길이 없었다. 혼자 끙끙 앓다 보면 마음에 병이 든다는 어르신의 말이 맞았다. 믿었던 친구로 인해 가지고 있던 돈을 몽땅 날린 일이며, 그 일을 만회하기 위해 밤낮없이 택배 상하차와 대리운전 같은 부업에 뛰어들었던 일. 하루 두세 시간 겨우 눈을 붙여가며 어떻게든 살아보고자 발버둥을 쳤지만, 돌아온 것은 청천벽력과도 같은 해고 통보뿐이었다는 사실까지. 그동안의 일을 모두 털어놓았다. 그러자 붕대를 감은 발처럼 심장이 욱신거렸다.

예고도 없이 휘몰아친 폭우로부터 도망치듯 숨어든 곳에서 어쩌자고 이렇게까지 추태를 부리는 걸까. 경수는 콧물과 눈물로 범벅이 된 얼굴을 마른 수건에 파묻었다. 술기운이 더 올라온 건지, 아니면 술이 다 깨버린 건지 알 수 없었다. 머리는 무겁고, 속은 불편하고, 콧등에선 비릿한 쇠 맛이 났다.

"많이,"

"……"

"추웠겠네."

포옥.

노란색 수건이 어깨 위로 묵직하게 덮였다. 이윽고 부드러운 손길이 적당한 압력을 가하며 젖은 옷의 물기를 닦아냈다. 습기를 머금은 수건이 등으로 옮겨졌다. 한없이 다정하지만, 그보다 더한 강인함을 지닌 손이 경수의 등허리를 두들겼다. 그리고 예의 그 온화한 목소리로 말했다.

"이런 말이 어떻게 들릴지 모르겠지만, 다…… 괜찮아질 거예요."

경수는 생각했다. 참, 형체가 없는 위로라고. 그런데도 참, 기대고 싶은 말이라고.

"지금 당장은 괜찮지 않을지라도, 괜찮지 않으면 또 어때. 살다 보면 세상 모든 악재가 나를 향할 때가 있어. 내가 대체 뭘 그렇게 잘못했는지, 전생에 무슨 큰 죄라도 지었는지, 전생에 지은 죄라면 이제 와 기억도 없는 생에서 갚으라고 하는 건 너무 억지스러운 일이 아닌지, 신을 원망하게 되는 때가 있지요. 오늘만 해도 그래. 몸도 이렇게 성찮은데, 우산도 없이 이

비가 웬 말이야."

정신을 차려보니 어르신이 옆자리에 앉아 있었다. 어쩐지 마음이 편안해지는 동석이었다.

"언젠가 우리 남편도 그런 날이 있었어요. 오늘처럼 비가 억수같이 내리던 날, 그 빗소리에 묻히길 바라며 혼자 숨죽여 울던 날이."

허공에서 잠시 부딪친 시선으로 무언의 동의가 오갔다. 아주 오래전 빛바랜 기억을 되살리듯, 이제는 얼추 눈물이 마른 경수의 얼굴을 지나 저 멀리 어딘가를 더듬거리는 눈동자가 그리움이 묻은 이야기를 꺼내놓았다.

"나중에 알고 보니 가장 친한 친구한테 적지 않은 돈을 빌려줬는데, 얼마 지나지 않아 그대로 야반도주를 했다더라고. 사실 남편이 그때 왜 울었는지 난 아직도 잘 몰라요. 믿었던 친구에게 배신당한 사실이 아팠던 건지, 집안 살림을 어렵게 만들어 나와 아이들에게 미안한 마음에 그랬던 건지. 아마 둘 다였을 거라고, 어렴풋이 짐작만 했더랬지."

경수는 가만히 고개를 끄덕였다. 그 마음을 누구보다 잘 알고 있기 때문이었다. 어르신은 계속 이야기를 이어갔다. 이야기를 시작할 때보다 멀지 않은, 조금 더 가까운 시간에 닿은 목소리로.

"그날 잠든 척 눈을 감고 있던 나를 바라보며 남편이 이런 말을 건넸어요."

"……."

"여보, 이 비도 언젠간 그치는 때가 오겠지요?"

"……."

"이 비도 언젠간, 그쳤으면 좋겠어요."

어르신의 말이 귓가를 맴돌았다. 빗방울처럼 동그랗고 매끈한 문장들이 귓바퀴를 간지럽혔다. 경수는 어르신의 남편이 바랐듯 같은 마음으로 커피를 머금었다. 커피는 여전히 따뜻했다.

"그런데 실은, 안타깝게도 그게 장마의 시작이었지 뭐야. 남편의 바람과는 달리 아주 오래도록 비가 내렸지. 그래도 결국엔 그 비가 그치는 날이 오지 않았겠어요? 장마가 가셨다고 기다렸다는 듯 해가 비추진 않았지만, 어떻게 사는 게 내내 화창하기만 하겠어."

경수는 알 수 없는, 미지의 공간을 부유하던 시선이 인자한 빛으로 떨어졌다. 이야기의 끝을 알리는 신호였다. 경수는 가만히 주름진 눈가를 바라보았다. 기다리고 또 기다리다 보면 언젠가는 모든 것이 제자리를 찾을 거라는 그 말에 지금껏 버티고 버텨온 결과가 고작 이것이라고. 왜 삶은 단순히 흘러가지 않고 늘 힘을 내야 하며 도대체 언제까지 이렇게 악착같이 살아야 하는 건지 그 답을 알고 싶다고, 반발심을 드러낼 수도 있었지만. 어르신 이야기엔 모난 마음을 수그러들게 하는 힘이 있었다.

"감사…… 합니다, 어르신."

경수는 진심을 다해 고개 숙여 인사했다. 경수의 몸에 짙게 배어 있던 술 냄새는 별다방의 커피 향으로 희석되고 옅어져 어디론가 훌쩍 떠나버린 후였다. 밤이 깊어진 시간이었다.

"이제 집으로 돌아가요. 이거면, 도착할 때까지 비를 피할 수는 있을 거야."

인자함이 어린 목소리가 테이블 어귀를 가리켰다. 소리 없이 뒷정리하던 어린 직원이 걸어둔 우산 하나가 눈에 담겼다. 경수는 흔쾌히 그러겠노라 답했다. 따뜻한 커피가 담겨 있던 머그잔은 어느새 경수가 떨어뜨린 눈물까지 모두 비워져 있었다.

별다방의 문턱을 넘어선 지 3개월이 지났다. 운이 좋았다고 해야 할지, 나빴다고 해야 할지. 경수가 담당하고 있던 거래처에서 발생한 문제로 경수의 퇴직은 딱 그만큼 더 미뤄졌다. 어차피 버려질 거라면 상황을 수습하지 않고 보란 듯 내뺄 수도 있었지만, 경수는 그러지 않았다. 착실하게 일을 하고 착실하게 짐을 싸 착실하게 교체되는 부품의 역할을 끝까지 잘해냈다. 그와 더불어.

"여보, 나 왔어."

"당신이 이 시간에 어쩐 일이야? 회사 일 많이 바쁘다면서."

"응, 이따 막차 타고 다시 올라가야 돼. 그냥, 당신이랑 지안이 보러 잠깐 내려왔어. 당신한테 해야 할 말도 있고."

"할 말? 일단 얼른 들어와. 못 본 새에 얼굴이 반쪽이 됐네. 지안이는 지금 낮잠 자니까, 이따 깨면 보고. 밥은 먹은 거야?"

깁스를 풀자마자 집으로 돌아갔다. 비록 고심 끝에 자신이 내린 선택이 정말 맞는 것인가에 대한 확신은 없었지만. 가장 가까이에서 자신을 지켜봐주고, 자신을 믿어주는 사람의 고통을 덜어주고자 자신이 겪고 있는 힘듦을 숨기는 것이 결코 최선의 선택은 아니란 사실을 깨달았기 때문이었다.

경수는 해야 하는 말을 구태여 빙빙 돌리지 않았다. 있는 그대로 사실을 말했고, 어떤 해답도 손에 쥐지 못한 자신의 상황을 아내 앞에 오롯이 드러냈다. 아내는 묵묵히 경수가 하는 말을 들어주었다. 그동안 모은 돈을 주식으로 모두 날렸다는 사실을 토해냈을 땐 예상대로 경악을 금치 못했지만, 경수의 말을 끊고 화를 내거나 소리를 지르는 일만큼은 참아주었다.

손실된 금액을 채우기 위해 자는 시간을 줄여가며 대리운전을 뛰었던 일. 집에 내려올 시간을 아껴 주말 내내 택배 상하차를 했던 일. 그러다 종국엔 회사에서 해고 통보를 받은 일 등. 그동안 자신에게 벌어졌던 수많은 사건 사고를 전부 꺼내놓으며 미안하다고 말하자, 아내는 큰 숨을 한 번 내뱉고 일어나 이렇게 말했다.

"당신, 용케도 안 쓰러지고 잘 버텼네."

"…… 여보."

"됐어. 밥이나 먹자. 기차표 시간 내일로 바꿀 수 있으면 바꾸고, 자고 올라가. 뭐 좋은 회사라고 그렇게 아등바등해. 이따 지안이 목욕도 좀 시켜주고, 잘 때까지 실컷 놀아주다가 그러고 올라가. 퇴직하면 아예 집으로 오는 거지? 차라리 잘됐어. 같이 벌면 돼. 돈이야 있다가도 없는 거고, 없다가도 있는 건데 어차피 없을 거라면,"

"…….."

"떨어져 살지 말자."

떨어져 살지 말자. 그 말에 왈칵 눈물이 났다. 혹여 아내에게 들킬까 허겁지겁 눈물을 닦았지만, 냉장고에서 꺼낸 재료

들로 이른 저녁 준비를 서두는 뒷모습으로도 아마 아내는 알아챘을 것이다. 경수가 지금 어떤 표정으로 자신을 바라보고 있는지.

"근데 당신 그거 알아? 얼마 전에 지안이가…….."

그리웠던 목소리가 이야기 보따리를 풀어놓기 시작했다. 냄비를 꺼내고, 그 안에 물을 담고, 인덕션을 켜고. 못 본 새 능숙해진 실력으로 찌개를 끓이는 아내의 작은 손끝에서 보글보글 그날의 빗소리를 닮은 소리가 피어났다.

'이런 말이 어떻게 들릴지 모르겠지만. 다…… 괜찮아질 거예요.'

'어떻게 사는 게 내내 화창하기만 하겠어.'

'이제 집으로 돌아가요. 이거면, 도착할 때까지 비를 피할 수는 있을 거야.'

그날, 별다방에서 들었던 말이 선명히 떠올랐다. 그리고 생각했다. 누구나 할 수 있을 만큼 흔했던 그 말이 위로가 되었던 건 어쩌면 특별하지 않았기 때문일지도 모르겠다고. 위로는 이해로부터 시작되며, 뜻을 해석해야 할 정도로 어려운 말들은 피부에 와닿지 않고. 이미 알고 있는 당연한 말이야말로 머리를 지나 가슴까지 자연스럽게 흡수가 되어 비로소 고된 마음을 다독여줄 수 있는 거라고. 그 말을 그날 그분에게 들어 정말 다행이라고.

"아, 맞다. 두부가 없네. 당신이 나가서 좀 사다 줄래?"

"알겠어. 뭐 다른 건 필요 없어?"

"우유! 지안이 먹는 우유 뭔지 알지? 그것도 한 팩만."

"응, 금방 갔다 올게."

어느새 바깥은 해가 저물고 있었다. 경수는 엘리베이터를 기다리며 기차표의 예약 시간을 바꿨다. 아직 다 지나지 않았지만, 폭우는 이미, 조금씩 그치고 있었다.

점점이 내리는 드립커피

　우연히 SNS에서 익숙한 카페 사진을 발견했다. 몇 달 전 수현이 사는 동네에 새로 생긴 카페였는데, 어쩐지 따뜻한 기운이 마음에 들어 수현 역시 종종 이용하던 곳이었다. 수현은 섬네일을 눌러 본문 내용을 확인했다. 이미 많은 사람들의 흔적이 남아 있는 게시글엔 '비밀이 비밀로 남을 수 있는 유일한 공간'이라는 짧은 메시지가 적혀 있었다. 수현은 까맣게 쓰인 글자들을 조용히 곱씹었다.
　"비밀이 비밀로 남을 수 있는 유일한 공간."
　그리고 떠올렸다. 마지막으로 별다방을 방문했을 때 수현의 머릿속에 새겨졌던 기억을.

그날은 오랜만에 스케줄 없이 한가한 날이었다. 그동안 바쁜 일정에 계속 시달렸기에 편안한 휴식이 간절한 날이기도 했다. 수현은 이리저리 뻗친 머리를 매만지며 잠시 고민에 빠졌다. 그냥 이대로 집에 있을까, 아니면 밖에 나가서 좀 걷다가 커피라도 마실까.

갈팡질팡한 마음에 결정이 늦어졌다. 하지만 급할 것은 없었다. 몸에 익은 기상 시간 덕분에 아직은 한참 이른 오전. 누적된 피로로 깔깔한 입은 식사를 거부하고, 이런저런 이유로 밀린 빨래가 많으니 우선 세탁기를 먼저 돌리고 차근차근 생각해봐도 늦지 않을 터였다.

오후 12시 32분. 밑도 끝도 없이 늘어진 몸을 일으킨 건 창밖의 하늘 때문이었다. 별다른 의식 없이 무심코 마주한 날씨가 지나치게 좋았다. 수현은 고양이 세수를 하고 모자를 푹 눌러쓴 채 집을 나섰다. 목덜미로 쏟아지는 햇살의 온도가 적당했다.

화창한 날씨와는 별개로 잔뜩 구겨진 기분에 내딛는 걸음마다 한숨이 실렸다. 아파트 단지 안으로 이어진 산책로를 따라 걷다가 아무도 없는 놀이터에 닿았다. 우두커니 멈춰 있는 초록색 그네와 눈이 마주쳤을 땐 저도 모르게 홀린 듯 그네에 앉아 발을 구르게 됐다.

'요즘 놀이터는 그네도 엄청 좋네.'

실리콘 재질로 된 손잡이가 손바닥 안으로 착 감겼다. 예전에 어딘가에서 본 건데 쇠로 된 손잡이는 끼임 사고가 자주 발생한다고 했다. 틀린 말은 아니었다. 어릴 적 수현도 걸핏하면 손가락 살점이 찢어져 잘 놀다가도 엉엉 울며 집에 돌아가곤 했다.

아무리 발을 굴러도 그네는 하늘 높이 날아가지 않았다. 어른이 되면 그네를 360도로 돌릴 수 있는 힘이 생길 거라고 믿던 때가 있었다. 어릴 때가 좋았다는 생각이 드는 걸 보면 저도 별수 없는 어른이 된 모양이었다. 어른이 되어도 그네를 360도로 돌릴 수 없는 건 똑같은데, 그땐 왜 그렇게 빨리 어른이 되고 싶어 했을까. 진자운동을 반복하는 그네에 앉아 수현은 실없는 웃음을 흘렸다.

하루에 열몇 시간씩 의자에 앉아만 있다 보니 이것도 운동이라고 어느새 땀이 맺혔다. 가뭄이 든 땅처럼 쩍쩍 말라붙은 목구멍에 갈증이 일었다. 수현은 자리를 털고 일어나 머릿속에 그려둔 길을 따라 걷기 시작했다. 시원하게 내린 커피 한 모금이 간절했다.

수현의 목적지는 얼마 전 새로 생긴 '별다방'이라는 개인 카페였다. 별다방은 아파트 후문과 이어진 가파른 계단을 내려와 횡단보도 하나를 건넌 곳에 있었다. 수현이 사는 곳은 이차선 도로를 사이에 두고 개발지와 미개발지가 나뉘어 있는 동네였다. 아파트 주민인 수현에게 접근성이 좋은 건 정문 쪽 프렌차이즈 카페들이었지만, 굳이 별다방으로 가는 건 번잡한 분위기가 싫어서였다.

수현은 익숙한 듯 카운터에 있는 메모장에 주문을 적어 카운터에 올려두었다. 메인 바리스타인 직원이 농아인이라 자연스럽게 채택한 방식이라고 하는데, 수현은 키오스크 주문보다 어쩐지 이쪽이 더 마음에 들었다. 뿐만 아니라 별다방 메뉴엔 수현이 좋아하는 드립커피가 있었다. 점점이 내리는 드립커피는 현대인의 속도와 맞진 않지만, 인내가 필요한 만큼 맛이 확실하다는 게 좋았다.

조용하고 아늑한 카페엔 으레 그렇듯 별다방 한편에도 책장 하나가 놓여 있었다. 수현은 키가 작은 책장 안에 듬성듬성 꽂힌 책들 중 하나를 골라 빈 테이블에 앉았다.

―주문하신 커피 나왔습니다. 맛있게 드세요.

별다방은 작은 카페인 만큼 주문을 하고 나면 직원이 직접 커피를 가져다주었다. '예빈'이라고 쓰인 명찰을 단 직원은 커피를 테이블에 올려놓은 뒤 늘 같은 인사를 건넸다. 처음엔 낯설기만 했던 수첩 속 글씨가 이젠 제법 익숙해 미소를 주고받을 정도의 사이가 됐다.

평소와 달리 갈증이 난 상태로 온 터라 한 모금 크게 커피를 입에 담았다. 시원하고 시큼한 맛이 식도를 타고 주르륵 내려갔다. 건조한 얼굴에 미스트를 뿌린 것처럼 촉촉하게 목이 젖어가는 것이 느껴져 금세 만족감이 번졌다.

책은 금방 싫증이 났다. 재미가 없는 건 아니지만 그렇다고 썩 재밌지도 않아서 표지를 덮어버렸다. 수현은 고개를 돌려 멍하니 창밖을 바라봤다. 바로 앞에 마을버스 정류장이 있어서 잊을 만하면 우르릉 천둥소리 비슷한 엔진 소리가 터졌다. 학생도 직장인도 모두 각자의 공간에 있을 애매한 시간이라 카페에 있는 손님이라곤 수현과 조금 전 문을 열고 들어온 어떤 남자뿐이었다. 수현은 커피를 들어 한 모금 더 마시고 테이블 위로 잔을 내려놓았다.

"저, 이거, 별건 아니지만 받아주세요."

"무슨……?"

"제가 정말 감사한 마음에 드리는 선물입니다. 덕분에 살았어요."

심상치 않은 기운을 느낀 건 대략 5분 전부터였다. 상기된 얼굴의 남자가 직원 할머니에게 커다란 과일 바구니를 안겼다. 할머니는 당황한 기색이었다. 그건 남자의 성의가 부담스러워서 짓는 표정이 아니었다. 자세히 보면 당혹스러움을 넘어 곤혹감까지 느껴지는 얼굴이었다. 하지만 남자는 그런 할머니의 반응을 눈치채지 못한 것 같았다.

"죄송하지만 제가…… 기억이 나질 않아서요…….."

예사롭지 않은 분위기가 이어졌다. 영문을 모른 채 상황을 지켜보는 수현까지 심장이 두근거릴 만큼 불편하고 불안한 기류였다. 남자의 얼굴이 신호등처럼 빨갛게, 노랗게, 파랗게 변해갔다.

"아! 우산! 이 우산 기억 안 나세요? 저번에 선생님께서 저한테 주신 건데."

남자는 물에 빠진 사람이 지푸라기라도 잡는 것처럼 기다란 장우산을 들어 올렸다. 할머니는 어색하게 웃으며 고개를 저었다.

"하."

남자의 입에서 탄식이 터졌다. 좀처럼 상황을 받아들이지 못하는 눈빛이었다. 수현은 잠시 망설이다 소지품을 챙겨 들고 밖으로 나섰다.

건물 모퉁이에 마련된 흡연 구역에서 불을 댕겼다. 입술 사이에 문 담배 끄트머리에서 불꽃이 튀었다. 힘주어 필터를 빨아 당기자 종이 타는 소리가 선명하게 들렸다. 수현은 입안에 고이기 시작한 연기를 뿜어내며 담뱃갑과 라이터를 뒷주머니에 넣었다.

대체 무슨 사이였을까, 저 두 사람은. 최대한 신경 쓰지 않으려고 노력하는데도 수현 역시 사람인지라 궁금증이 커졌다. 눈치껏 자리를 비켜줬으니 어느 정도 문제가 해결될까. 저런 상황에서 해결이란 어떤 것을 의미할까. 매캐하게 이어지는 담배 연기를 따라 생각의 꼬리가 달라붙었다. 수현은 은근하게 목덜미로 내려앉는 봄바람을 손끝으로 털어냈다. 살결을 스치는 한 줌의 봄이 간지러웠다.

"어떻게 된 일인가요? 그동안 선생님께 무슨 안 좋은 일이라도 생긴 건가요?"

담배가 반쯤 타들어갔을 때였다. 카페 문을 열고 나온 남자가 뒤따라 나온 예빈에게 급한 물음을 던졌다. 예빈은 손때 묻은 수첩을 손에 쥐고 단정한 눈썹을 팔자로 늘어뜨렸다. 수현이 자리를 비켜준 것이 무색하게 남자는 자신이 원하는 결말을 얻지 못한 모양이었다.

"어르신이 치매…… 라고요?"

수첩 위로 예빈이 적은 글자들을 본 남자의 눈이 동그랗게 뜨였다. 놀라서 되묻는 목소리가 덜덜 떨리고 있었다. 수현은 두 손을 가지런히 모으고 남자를 향해 벙긋거리는 예빈의 입 모양을 읽었다.

―달순 님은 기억의 조각을 잃고 계세요.

남자는 그대로 자리에 주저앉고 말았다.

그때는 그 일이 크게 대수롭지 않았다. 조용한 여자와 어딘가 조금 서툰 할머니가 함께 꾸려가는 독특한 카페라는 생각은 늘 하고 있었다. 세상엔 다양한 사람들이 존재하니까. 여자가 가진 장애도 할머니가 지닌 질병도 그들이 가진 조각의 일부일 뿐이지, 그게 그들을 피해야 할 이유가 되지는 못한다고 생각했다. 하지만 지금은 온 신경이 그 카페로 쏠린다. 검색해보니 사람들 사이에선 아는 사람은 아는, 은밀한 대나무 숲이 되어 있는 모양이었다. 할머니 머릿속 지우개 덕분에 오히려 편하게 고민을 털어놓을 수 있다는 것이다.

내가 가진 비밀을 입 밖으로 꺼내놔도 세상엔 남지 않는다. 소문을 두려워할 필요가 없다.

그 주 주말, 무료한 손길로 SNS를 뒤적이던 수현이 세탁실에서 수건을 한 움큼 들고나오던 제이를 향해 물었다.

"있잖아, 기억을 잃는다는 건 어떤 느낌일까?"

제이는 잠옷을 입고 있는 수현의 다리 위로 따끈하게 건조된 수건을 우르르 쏟아놓으며 답했다.

"글쎄. 어떤 기억인가에 따라 조금씩 다르겠지만⋯⋯ 슬픈 일이지 않을까?"

수현은 아무렇게나 손에 잡히는 대로 집어 든 수건 한 장을 개며 제이의 말을 곱씹었다.

"슬픈 일?"

"그래, 슬픈 일."

"저기 길 건너에 그 카페 말이야."

"무슨 카페? 별다방?"

"응, 거기서 일하는 직원 할머니가 치매에 걸리셨대."

"치매?"

"응, 치매."

거실을 등진 채 부엌에서 설거지를 시작한 제이가 허리를 반쯤 돌려 수현을 쳐다봤다. 수현은 수건을 개는데 집중한 척 애써 제이가 보내는 시선을 무시했다. 왜 그랬는지 이유는 자신도 알 수 없었다. 이야기를 꺼낸 이상 그 이야기를 꺼낸 이유를 알고 싶어 할 제이의 성격을 누구보다 잘 알아서 그랬을지도 모르겠다. 다만 한 가지 분명한 건 자신이 그 이야기를 꺼낸 이유를 제이는 모르길 바랐다는 것뿐이었다.

다행스럽게도 대화는 거기서 그쳤다. 제이가 무슨 말을 하기 위해 입을 떼려던 찰나 제이의 휴대폰 벨 소리가 시끄럽게 울렸고, 제이는 곧장 방으로 들어갔다. 수현은 굳게 닫힌 방문을 보며 조용히 한숨을 내뱉었다. 어쩌자고 자꾸 이런 마음이 드는 건지 모르겠지만, 하루라도 빨리 별다방을 다시 방문하고 싶었다.

결국 얼마 지나지 않아 수현은 별다방 근처를 배회했다. 워낙 공간이 작은 탓도 있겠지만, SNS 게시글의 영향인지 이전과 달리 테이블마다 사람들이 꽉 차 있었다. 그중엔 호기심 가득한 눈으로 할머니를 힐끔거리는 사람도 몇몇 보였다. 하지만 할머니는 수현이 본 것 중 가장 환하게 웃고 있었다.

수현은 발길을 돌렸다. 그 후로도 몇 번 더 별다방을 찾아갔지만, 인파는 쉽게 줄어들 생각을 하지 않았다. 아쉬운 마음을 가득 품고 허탕 치기를 몇 번. 답답함이 목 끝까지 차올랐다.

그렇게 망설이는 동안 반년의 시간이 흘렀다. 늦은 겨울, 시린 바람과 함께 수현은 별다방 근처를 맴돌았다. 몇 명의 무리가 카페에 자리가 없음을 아쉬워하며 돌아가고, 몇몇 사람들이 익숙한 듯 커피를 테이크아웃해 갔다. 수현은 한참을 고민하다가 테이크아웃 창구 앞에 섰다. 얼마 지나지 않아 '달순'이라고 적힌 이름표를 앞치마 위로 반듯하게 꽂아놓은 할머니가 아치형 창문 너머로 모습을 드러냈다.

"주문 도와드릴까요?"

처음 봤을 때보다 확실히 능숙해진 목소리가 수현에게로

향했다. 할머니의 눈을 마주하는 순간 덜컥 목구멍이 막혔다. 사람들의 수군거림을 모르지 않을 텐데, 할머니의 눈엔 그 어떤 적개심도 들어 있지 않았다. 수현은 자신에게 오롯이 떨어지는 시선을 보며 입술을 달싹였다. 무엇을, 어떻게 말해야 할지 알 수 없어 막막했다. 그때 수현의 마음을 읽기라도 한 것처럼 할머니가 먼저 물음을 던졌다.

"안쪽에 자리가 하나 남아 있는데, 들어와서 드시겠어요?"

할머니의 안내를 따라 들어간 곳엔 커피머신으로 가려져 바깥쪽에선 쉽게 보이지 않는, 비밀스러운 공간이 있었다. 그동안 몇 번이나 이 카페에 왔었는데 존재하는지조차 몰랐던 자리엔 바 테이블을 앞에 두고 제법 편안할 것 같은 의자가 놓여 있었다.

"이쪽으로 앉으세요."

"감사합니다."

잔뜩 긴장한 몸을 등받이에 기대고 앉았다. 차가워진 피부 위로 급작스럽게 달려드는 온풍에 꽁꽁 얼어붙은 얼굴이 빨갛게 달아올랐다. 수현은 코트를 벗고 목 부분을 옥죄고 있는 터틀넥 니트를 끌어내렸다. 하지만 해방감이 드는 건 잠시뿐이었다. 빈틈 없이 얽힌 실은 수현의 손아귀를 벗어나자마자 빠르게 제자리를 찾아갔다.

"음료는 뭘로 드릴까요?"

따스하게 건네어진 목소리에 수현은 아이스 아메리카노를 주문했다.

별다방은 여전히 북적였다. 밀집된 사람들이 만들어내는 소음과 적당한 볼륨으로 흐르는 음악 소리가 수현과 그들 사이에 미묘한 단절을 형성했다. 수현은 눈을 감고 불편하게 두근대는 심장의 고동을 들었다. 지금 하려는 선택이 정말 옳은 선택이 맞는지 쉬이 판단할 수 없었다. 타고난 성격이 그리 우유부단한 편도 아닌데, 이 문제 앞에서만 유독 작아지는 자신을 느낄 때마다 금방이라도 속이 터질 것처럼 괴로웠다. 무엇을, 어디서부터, 어떻게 말해야 할까. 대체 나는 무슨 말이 하고 싶어서 여기까지 왔을까. 생각을 거듭할수록 가슴이 답답했다.

"손님, 주문하신 음료 나왔습니다."

얼마나 오랜 시간이 흘렀는지도 모를 때쯤, 새하얀 커피잔 하나가 달그락거리며 시야에 담겼다. 수현은 익숙하게 풍겨오는 냄새에 조금은 멍한 표정이 되어 눈을 깜빡였다. 아이스 아메리카노를 주문한 수현에게 할머니가 내준 것은 따뜻한 드립커피였다.

"어, 저……."

"뭐 더 필요한 게 있으실까요?"

소문이, 사실이었다. 수현이 주문한 것과 전혀 다른 음료를 내어주고도, 할머니는 잘못된 상황을 전혀 인지하지 못하고 있었다. 수현은 안도했다. 그리고 곧바로 저 자신을 혐오했다.

"무슨, 고민이라도 있어요?"

문자 그대로 빙그레 웃으며 하는 할머니의 말이 비수가 되어 꽂혔다. 저마다 수군대던 목소리들이, 편린으로 남은 시선들이 수현의 안에서 기생충처럼 살아 움직였다. 지금 내가 무슨 짓을 한 거지. 찰나의 순간이라도 감히 느껴서는 안 될 감정을 느꼈다는 것에 수치심이 들었다. '비밀이 비밀로 남을 수 있는 유일한 공간'이라는 말에 현혹돼 타인의 고통을 해소를 위한 수단으로 삼으려 하다니. 수현은 아무것도 아니라며 반달 모양으로 휘어진 할머니의 눈을 피해 고개를 숙였다.

"이 나이쯤 되면 사람이 부리지 않아도 될 오지랖이라는 게 생겨요."

"……."

"어찌나 세상만사에 관심이 많아지는지, 누군가 마음이 고픈 얼굴을 하고 있으면 거기에 그렇게 신경이 쓰이고 그래요. 그러니 이게 참 젊은 사람들한테 얼마나 성가시고 귀찮은 일이야."

"아니에요!"

"응?"

"…… 귀찮지, 않아요."

수현은 화들짝 놀라 할머니를 바라보았다. 할머니는 계속 같은 미소로 그 자리에, 언제까지고 기다려줄 것 같은 넉넉함에 수현은 망설이던 입술을 열어 고백했다.

"저, 실은…… 할머니가 아프신 걸 알고 왔어요. 할머니가 잊으시는 그 기억 속에 숨고 싶어서……. 그, 그래서 찾아왔어요. 정말 죄송해요."

좁아진 미간 사이로 주름이 파였다. 분명 볼썽사나운 꼴일 텐데도 할머니는 수현을 나무라지 않았다. 다만 테이블 위로 올려진 수현의 손에 커피잔을 쥐여줄 뿐이었다. 커피가 식기 전에 마시라는 듯이.

"그런 거라면, 아주 잘 왔어요."

"……."

"편하게 얘기해요. 내가 내 기억 속에 꽁꽁 숨겨줄 테니까."

머릿속에 든 여러 개의 서랍 중 가장 소중한 서랍의 문을 열었다.

이건 진부하지만, 진부하지 않은 사랑 이야기다.

사랑에 빠지는 일은 어렵지 않았다. 처음 본 순간 '아, 이 사람이구나.' 하는 걸 알 수 있었다. 비록 처음부터 같은 곳을 바라보는 사람이 아니었을지라도 진심은 그 사람을 설득하고, 점점 가까이 다가가 마침내 두 사람의 손을 마주 잡게 했다.

그게 벌써 12년 전의 일이었다. 대학이라는 공간에 별다른 기대도 없이, 서울에서 2시간 거리의 지방에서 상경한 수현의 가슴을 무심코 두드린 건 처음 마셔본 술도, 왁자지껄한 분위기의 신입생 환영회도 아니었다.

"그 술, 제가 수현이 대신 마실게요."

제대로 된 인사 한번 없이, 한 명씩 순서대로 일어나 기계적으로 출신 지역과 이름을 읊어대던 자기소개 시간에 잠시 잠깐 눈빛이 스친 게 전부였던 아이가 아주 오래전부터 자신을 알아온 것처럼 다정하게 이름을 불렀을 때. 뜨거운 분위기에 후끈 달아오른 손으로 틈도 없이 가득 찬 술잔을 가볍게 앗아가 입술 사이에 머금었을 때. 뒤로 젖힌 고개와 아래로 내리깐 검은 눈동자 사이, 꿀꺽꿀꺽 위아래로 움직이던 그 목울대를 마주했을 때. 모든 것이 시작됐다.

두근거리지 않으려 노력했다. 아무리 노력해도 가질 수 없는 사람이란 걸 알았다. 시작도 전에 겁부터 집어먹었던 것은 오래된 습관 같은 것이었다. 이건 첫 페이지를 열기도 전에 결말을 알 수 있는 아주 뻔한 이야기, 그뿐이었다. 손을 뻗으면 분명 멀어진다. 너도 다른 사람과 다를 리 없다. 그렇게 생각했다. 모두의 사랑을 독차지한 그 아이는 절대적인 다수였다. 소수. 그 단어는 언제나 수현을 작아지게 만들었다.

"우리 데이트할까?"

그저 평범한 여자가 싫은 건 저렇듯 무신경하고 폭력적인 단어 선택 때문이었다.

"뭘 하자고?"

"데이트! 같이 밥 먹고, 커피 마시고 하는 거."

가만히 있던 사람 심장을 퍽 때려놓고는 아무 일 없던 것처럼 훌쩍 제 갈 길을 가버리니까.

"유제이, 너 남자 친구 있지?"

"응, 근데 갑자기 그건 왜?"

"데이트는 네 남자 친구랑 해. 그 말은 그럴 때 쓰라고 있는 거야."

그때의 수현은 모든 것이 다 삐딱했다. 제게 건네진 술을 대신 마시겠다며 되지도 않는 오지랖으로 사람 마음을 들쑤신 제이가 캠퍼스에 핀 벚꽃이 다 지기도 전에 연애를 시작했기 때문이었다. 그것도 신입생 환영회에서 자신에게 연거푸 술을 먹이던 웬 복학생 군필 놈팽이와.

그러니 매일 얼굴을 마주할 수밖에 없는 1학년 전공필수 과목을 들을 때에도. 어쩌다 우연히 겹친 교양 과목을 들을 때에도. 개별 과제, 조별 과제, 하다못해 시험 준비까지 같이 하자고 들러붙는 제이의 무신경한 친절함이 달가울 리 없었다.

"최수현. 술은 잘 못 마시면서, 담배는 잘 피우네? 언제부터 피우기 시작했어, 담배?"

제이는 포기도 모르고, 지칠 줄도 모르는 아이였다. 그만큼 재수 없게 굴었으면 이제 먼저 찾아오지 않을 법도 한데. 아니지, 수현이었다면 우연히 만나도 무시하고, 강의실에서 마주쳐도 웬만하면 멀찍이 떨어져 앉았을 텐데, 오히려 그 반대였다. 제이는 좀처럼 점성을 잃지 않는 슬라임처럼 날이 갈수록 찐득찐득하게 수현의 곁을 맴돌았다.

아이의 눈을 피해 숨은 중앙도서관 옥상 흡연 구역에서 수현은 하얗게 지친 숨을 내뱉었다. 자꾸만 거리를 좁혀오는 아이가 불편해 견딜 수 없었다. 같은 성별이 주는 유대감과 편안함. 상대는 그러한 마음으로 다가오지만, 수현은 그렇지 않기에 헛된 희망 같은 건 품고 싶지 않았다.

최선을 다해 도망친 곳까지 기어이 따라와 쫑알거리는 얼굴에 속이 뒤집어졌다. 딸기우유색 입술로 자꾸만 시선이 가서 닿았다. 제이의 입술은 윗입술과 아랫입술의 두께가 확연히 달랐다. 잘 익은 귤 한 조각 같은 아랫입술은 촉감도 귤처럼 말랑말랑할까? 조금만 방심하면 쉽게 선을 넘을 호기심이 눈썹 밑에서 찰랑거렸다.

"유제이, 나 여자 좋아해."

"그래서? 네가 좋아하는 동성의 여자가 나는 아니잖아. 그럼 아무 상관 없는 거 아니야?"

"내가 좋아하는 여자가 네가 되지 말란 법은 없지."

"……"

"그러니까 데이트, 그 단어에서 난 좀 빼줘라."

가시로 둘러싸인 고슴도치도 그보다 날카롭진 않았을 텐데. 수현은 최선을 다해 제이를 밀어냈다. 쉽지 않은 일이었다. 첫눈에 반한 상대에게 생채기를 낸다는 건. 아니, 그보다 상처를 받긴 할까. 수현에게 제이의 말은 그게 무엇이 되었든 하나하나 의미를 갖지만, 수현이 하는 말은 제이에게 아무 의미를 갖지 못할 수도 있다. 상처는 의미로부터 발생한다. 제이에게 자신은 의미가 될 수 없다. 수현은 너무나도 쉽게 도달한 결론에 실망했다.

그날 이후 수현과 제이 사이엔 미묘한 거리가 생겼다. 좀쳐럼 떨어지지 않을 것 같던 제이의 점성은 언제 그랬냐는 듯 높아진 온도와 함께 사라졌다. 차라리 아예 모르는 사람인 것처럼 무시하지. 제이는 여전히 수현의 곁을 맴돌았다. 늘 시선이 닿는 곳에 있었고, 다정하게 인사를 건넸고, 눈이 마주치는 순간마다 미소를 지었다. 수현에게 그것은 고통이었다.

"내가, 생각을 좀 해봤어."

"……."

"내가 했던 말에 왜 그렇게 네가 예민하게 반응했는지."

"……."

"왜 그날 나한테 일방적인 커밍아웃을 했는지."

학생들의 웅성거림, 버스와 자동차, 오토바이가 만들어내는 거친 엔진 소리 위로 뒤덮인 침묵을 헤치고 제이의 목소리가 들려왔다. 수현은 줄곧 앞만 보고 있던 시선을 돌려 제이를 바라보았다. 신기할 정도로 선명한 다갈색 눈동자. 그 눈동자가 오롯이 자신을 향하고 있었다. 일순간 몸이 경직되는 것이 느껴졌다. 일말의 흔들림도 없이 자로 대고 그어낸 듯 일직선으로 쏟아지는 시선이 심장을 두드렸다. 두려웠다. 그 시선이 주로 하는 말을 알고 있었다. 수현은 다시 고개를 앞으로 돌려 그 시선으로부터 달아났다.

"커밍아웃은 너와 나 사이에 선을 긋기 위해. 예민함은 나를 너의 울타리 밖으로 밀어내기 위해."

"……."

"그렇다면 선을 긋고 밀어내는 그 행위가 왜 너한테 필요했을까. 내가 이성애자여서 싫은 거라기에 너는 다른 여자애들이랑 스스럼없이 잘만 지내는데, 왜 하필 나한테만."

지난 중간고사에서 제이는 당당히 과탑의 자리를 차지했다. 이상한 일은 아니었다. 제이는 언제나 논리적이고, 합리적이며, 효율적이었다. 또한 스스로 생각해 인과를 만드는 일에 능숙한 아이였다. 명확한 이유가 있는 것에 의문을 갖지 않는 대신, 자신이 이해할 수 없는 것엔 깊숙이 파고들어 해답을 갈구하는 사람이기도 했다. 그래서 무서웠다. 제이의 그런 성격이 기어이 자신의 진심을 탐구(探求)해냈을까 봐.

"내가 도달할 수 있는 결론은 딱 하나였어."

"……."

"네가, 나를, 좋아한다."

뚜껑을 열어 그 속에 든 얼음 몇 개를 입안으로 욱여넣었다. 턱관절을 빠르게 움직여 와그작와그작 요란하게 얼음을 부숴 먹은 건 덜컹 내려앉는 심장 소리를 숨기고 싶어서였다. 수현은 목울대를 울려 한때는 고체로 존재했던 액체를 집어삼켰다. 자신의 방심을 인정하지 않을 수 없었다. 같은 성별을 가지고 있다는 건 방해물임과 동시에 방어막이기도 했다. 때문에 상대가 자신의 감정을 자각하지 못할 것이라 믿고 오만하게도 사랑을 숨기지 않았다. 제이가 제게 준 관심은 우선적으로 베풀었던 자신의 친절함이, 의식적으로 챙겨주던 모든 호의가 불러온 것임을 수현도 알고 있었다. 그러니 지금부터 제이가 어떤 말로 자신에게 상처를 입히든, 그것은 제이의 잘못이 아니었다.

"맞아, 그래서 말했잖아. 네가 새로 정의하려는 그 단어에서 나는 좀 빼달라고."

"왜?"

"왜냐니. 그 단어로 너랑 나를 묶잖아? 그럼 난 착각을 하게 돼. 너도 날…… 좋아하는 걸지도 모른다고."

"……."

"사랑이라는 거 이성끼리는 적어도 서로 묻고, 답하고, 확인할 수 있잖아. 근데 우린…… 아니. 난 아니야. 나는 겁이 나서 네 마음을 물을 수조차 없어. 그러니까 여자인 내가 여자인 널 좋아하는 게 기분 나쁘면 그렇다고 말해도 돼. 그럼 나도 알아서 네 눈에 띄지 않게,"

"나, 세훈 선배랑 헤어졌어."

"뭐?"

"생각해보니까 이상하더라고. 나는 왜 네가 나를 밀어내고 선을 긋는 게 서운할까. 왜 네가 다른 여자애들이랑 웃고 떠들고 장난치는 모습이 불편할까. 왜 그게…… 화가 나는 걸까."

시선이 뒤바뀌었다. 제이의 시선은 어딘가 저 먼 곳에. 수현의 시선은 동그랗게 입술을 모으고 담배 연기를 내뱉는 것처럼 후, 하고 한숨을 쉬는 제이의 옆모습에.

무슨 생각에 잠긴 걸까. 일정한 박자에 맞춰 깜빡거리는 두 눈이 하늘로 향했다. 수현은 아무 말 없이 제이와 같은 곳을 바라보았다. 청명한 여름 하늘. 그 사이로 흘러가는 하얀 구름 몇 조각. 저 구름은 저 하늘의 오점으로 남지 않을 수 있을까. 문득 그런 생각이 드는 와중 제이의 손이 수현의 손등 위를 덮쳐왔다.

"수현아, 우리, 데이트하자."

"유제이."

"알고 싶어. 나도 너처럼 여자를 좋아하는지."

"……."

"내가 좋아하는 여자가 네가 맞는지."

무책임한 고백에 실없는 웃음이 터졌다.

"만약 착각이면 어쩔래?"

"글쎄."

"글쎄?"

"거기까진 나도 생각을 안 해봤는데."

"와, 유제이 너 진짜."

"그러는 넌?"

"내가 뭐."

"너는 착각이 아닐 거라고 확신할 수 있어?"

"당연하지. 나는 정말 진심이야."

"네 진심이 뭔데?"

"내가! 내가…… 너 좋아한다고."

"듣기 좋네, 그 소리."

"좋아하면 좋아한다고 말하지. 속 좁게 삐지기나 하고."

"아니거든. 나 속 안 좁거든."

"아무튼 일단 가자!"

"어딜?"

"어디든. 뭐든 같이 해보자, 우리."

그땐 그렇게 사랑이 전부였다. 서로의 진심을 확인하는 그 과정이 제일 어려웠고, 그 산만 넘으면 모든 게 다 순탄할 거라 믿어 의심치 않았다. 다행스럽게도 제이의 마음은 착각이 아니었고, 대학을 졸업해 직장을 얻게 되며 함께 살기 시작한 집은 두 사람의 유일한 우주였다.

행복했다. 비록 주변에 솔직할 수 없었지만. 타인에게 서로를 그저 오래된 친구이자 룸메이트라 소개하며 남자 친구와는 장거리 연애 중이라 자주 보지 못한다는 거짓말을 입버릇처럼 달고 살아야 했지만. 그것이 두 사람의 마음을 조각내고 가르는 이유가 될 수는 없었다.

"근데 제이 씨 남자 친구 말이야. 아무리 장거리 연애라지만 너무하네. 아니, 7년이나 만났다며 어떻게 한 번을 안 데리러 와?"

"그러니까요. 그거 아세요? 우리 회사에서 유 대리님 남자 친구 별명 유령 남친인 거?"

"진짜 남자 친구가 있긴 있는 거야? 내가 진짜 괜찮은 사람 소개해주고 싶어서 그래."

"뭘 소개를 해줘, 해주긴. 멀리 갈 것도 없어. 경영지원팀 김 대리가 제이 씨 좋아하잖아."

10년의 연애. 20대 초반에서 중반, 그리고 후반. 나이가 들어감에 따라 통과의례처럼 앓아야 하는 성장통에 아픈 날도 있었다. 여느 때처럼 제이를 데리러 간 수현이 우연히 그 소리를 듣게 되었을 때. 이미 짐작하고 있던 일임에도 불구하고 구둣발에 짓밟힌 낙엽처럼 기분이 바스러졌다.

"어어, 저기 같이 사는 친구 오늘도 왔네. 멀리 사는 친척보다 가까운 이웃사촌이 낫다더니, 저 친구 보면 그 말이 딱 맞아. 어쩜 저렇게 하루도 안 거르고 데리러 와? 어, 우리 버스 온다. 먼저 갈게, 제이 씨. 내일 봐!"

그 시기엔 양가 부모님의 간섭만으로도 충분히 버거웠다. 몇 안 되는 다툼의 원인이 서로에서 서로의 가족으로 변화하는 과정이 부쩍 힘에 부치는 시기이기도 했다. 둘만 있으면 아무런 문제도 없는데 주변에선 자꾸 불을 지르고 기름을 부었다. 그놈의 사회적 시선이 뭔지. 새까맣게 타들어가는 두 사람의 심장이 재가 되어 부서지든 말든, 사람들은 잊을 만하면 땔감을 넣고, 잊을 만하면 부채질을 해가며 강 건너의 불구경을 즐겼다.

"제이야, 우리…… 헤어질까?"

진심이 아니라면 절대 꺼내지 말자고 약속한 말이었다.

'나 여자 좋아해. 그러니까 그 단어에서 난 좀 빼줘라.'

그때처럼 비겁해지지 말자고. 어떤 상황에서든 옳다고 생각하는 일 앞에선 작아지지 말자고. 틀린 것이 아닌, 다르다고 생각되는 일 앞에선 당당히 맞서 싸우자고. 그리하여 서로의 마음이 다른 곳을 향하지 않는 한 지금 잡은 손을 절대 놓지 말자고. 오늘부터 1일이라는 간지러운 말 뒤로 수현에게 다짐을 받듯 제이가 건넨 말을 수현은 기억했다.

"정말로 그러고 싶어?"

옅은 정적 끝에 꺼내어진 물음에 서운함이 밀려들었다. 그리고 곧바로 원인을 알 수 없는 반발심이 고개를 치켜들었다.

"응."

억지로 울음을 삼키느라 바들바들 떨렸을 목소리를 분명 알아챘을 텐데, 제이는 꿈쩍도 하지 않았다. 되려 무언가를 생각하듯 함박눈이 내리는 창밖을 바라보다 말했다.

"눈이 쉽게 그칠 것 같지 않네. 일단 집에 가자."

"제이야."

"내일, 크리스마스잖아."

"우리가 언제부터 그런 거 챙겼다고……."

"그러니까 하루 더. 하루만 더 우리, 연인으로 지내보고. 그때도 네 마음이 지금과 같다면, 그때. 네가 말한 대로 그렇게 하자, 우리."

헤어지기 싫다는 말의 가장 현명한 표현이었다. 따뜻했던 카페를 나서며 커다란 우산 하나에 나란히 몸을 숨기면, 제 것처럼 익숙하게 느껴지는 온기에 사르르 녹아 없어질 말이라는 것을 제이는 알았다. 그게 수현의 성격이었다. 나 때문에 너까지 아픈 건 싫어……. 수현이 뱉은 헤어지자는 말이 제이의 귀엔 그렇게 들렸다. 요즘 부쩍 비슷한 일로 괴로워하는 수현을 알았기에, 저 역시 상처를 받았지만 이번만큼은 최악의 방식으로 발현된 그 말을 덤덤한 척 묻어 없애주려 했다. 하지만 그날 새벽, 예기치 않게 벌어진 사건으로 헤어지고 싶다던 수현의 말이 진심이 될 줄은 두 사람 모두 알지 못했다.

커피가 식어갔다. 그냥 아이스로 바꿔달라고 말할 걸 잘못했나. 하얀 머그잔의 매끄러운 표면을 문지르며 수현은 생각했다. 하긴 어차피 아이스커피도 얼음이 다 녹아버리면 이 온도일 걸 아무렴 어떻겠는가.

문득 정신을 차리고 주위를 둘러보니 백색소음으로 가득하던 카페가 조용히 가라앉아 있었다. 창밖엔 어슴푸레한 어둠이 노을빛을 밀어내고, 도시 곳곳에 놓인 가로등에 빛을 불러왔다.

갑자기 틀어막힌 목구멍에 미지근한 커피를 삼켰다. 뜨거운 온기와 함께 고소했던 향이 모두 날아가 지독히도 쓴맛이 나는 커피였다. 수현은 사약처럼 쓴맛으로 번들거리는 입술을 안쪽으로 당겨 물었다. 이제 무엇을 어떻게 더 말해야 할지 알 수 없었다. 지금까지 자신이 무슨 말을 한 건지도.

친구가 아닌 다른 사람에게 이토록 자세히 제이와의 일을 얘기한 적이 있었나? 아니. 단언컨대 단 한 번도 그렇게 해보지 못했다. 다들 겉으로는 이해한다고 말하지만, 이해한다고 말하는 그들의 표정이 미치도록 싫었던 것도 같다. 대체 너희가 뭘 이해하는데? 왜 너희가 날 이해해? 나는 너희 연애를 이해한다고 하지 않는데. 왜 너희는 모든 게 다 그렇게 당연하고, 그 당연한 것조차 감사하지 못하며 툴툴대는 것도 모자라, 차라리 제도에 얽매이지 않는 우리가 낫다고 그렇게 쉽게 말하는지.

"그날 새벽에 제이가 많이 아팠어요."

수현은 그제야 자신이 무엇을 말해야 하는지 깨달았다. 불공평함. 그래. 자신이 동성애자임을 자각한 순간부터 낙인처럼 찍혀 있던 불공평함에 대해. 그리고 그 불공평함이 정점에 달했던 새벽, 통째로 부정당해야만 했던 지난 10년의 세월과 두 사람의 관계에 대해.

"거실에서 술을 마시고 있는데, 안방에서 끙끙거리며 앓는 제이의 신음 소리가 들리는 거예요. 혹시 제가 했던 말 때문에 혼자 울고 있나 싶어 서둘러 방에 들어갔어요. 제가 예민해서 밤에 잠을 잘 못 자거든요. 그래서 쳐놓은 암막 커튼 때문에 거실에서 새어 들어오는 불빛만으로는 부족했어요. 형광등 스위치를 켰죠. 방 안이 순식간에 밝아졌어요. 그때⋯⋯ 제가 뭘 봤는지 아세요?"

"⋯⋯."

"빨갛게 젖은 이불이었어요."

"⋯⋯."

"어쩔 수 없다는 이유로, 우리가 헤어지는 게 서로를 위한 최선이라는 핑계로 자기 연민에 빠져 제가 술이나 퍼마시는 동안 제이는 하혈을 하고, 제 이름을 부르지도 못할 만큼 아팠던 거예요⋯⋯."

끔찍했다. 너무 끔찍하고 무서워서 사지가 떨리고 사고가 멈춰 아무것도 할 수 없었다. 당장 침대로 뛰어들어 품에 안은 제이는 점점 꺼져가는데, 피에 젖은 손은 자꾸만 미끄러져 119 버튼 하나도 제대로 누르지 못했다. 정신을 차렸을 땐 엄동설한에 잠바도 하나 챙겨 입지 못한 채 응급실 복도 한복판에 서 있었다.

'유제이 씨 보호자분? 유제이 씨 보호자분 안 계세요?'

급한 검사부터 우선 진행하겠다며 정신을 잃은 제이가 침대째로 실려 어딘가로 사라진 뒤 피 칠갑을 한 얼굴로 넋을 놓고 있을 때 간호사의 목소리가 들렸다. 수현은 다급하게 달려가 제이의 상태를 물었다. 간호사는 검사 결과 피를 너무 많이 흘려 지금 당장 수혈과 동시에 응급수술에 들어가야 한다는 말을 전했다. 순간 하늘이 노랗게 변했다.

'환자분과 관계가 어떻게 되세요?'

'네……?'

'환자분이랑 관계요. 수술 동의서에 서명을 해주셔야 해요.'

그때 느꼈던 당혹감을 무어라 설명할 수 있을까. 그때 수현이 느꼈던 감정은 참혹함에 가까웠다. 말문이 막힌 것도 모자라 아무 말도 하지 못하게 혀로 목을 졸라매는 것 같은 고통이 생생하게 전해졌다. 수현은 이 순간 자신들의 관계를 정의할 최선의 단어를 찾아 헤맸다. 그냥 아주 친한 친구. 룸메이트. 아니, 사실은 10년을 넘게 사랑한 사이. 서로가 서로를 가장 잘 알고, 가장 아끼며, 가장 가까이에서 서로가 아니면 안 되는 그런 사이. 하지만 그 어떤 것도 입 밖으로 끄집어낼 수 없었다. 그것들은 모두 정답이 아니었다.

'도, 동거인입니다.'

'동거인이요?'

'네, 그…… 저희가 등본을 떼면 이름도 같이 나오고.'

'아…… 그걸로는 안 되는데. 배우자나 가족관계여야 서명하실 수 있어요. 다른 가족분들과는 연락이 안 되는 건가요?'

동거인. 허용될 수 없다는 걸 알지만, 벼랑 끝에 몰린 수현이 꺼낼 수 있는 유일한 단어였다. 어렵게 꺼내놓은 단어는 그 무게가 무색하게도 상대의 입에서 아주 가볍게 버려졌다. 수현은 바닥으로 패대기쳐진 심장을 텅 빈 눈으로 바라볼 뿐이었다.

덤덤한 척 말하기 위해 무던히 애를 쓰고 있었지만, 더 타들어갈 곳도 없이 이미 새까맣게 재가 되어버린 수현의 속이 달순의 눈에 빤히 보였다. 여자인 수현의 연인이 같은 여자라는 사실보다, 가장 가까운 사이임에도 불구하고 서로의 관계를 당연하게 정의 내릴 수 있는 단어조차 존재하지 않는다는 사실이. 그렇기에 촌각을 다투며 생사를 오가는 극한의 상황에서도 오로지 무력하게 부서져 내리는 것 외엔 할 수 있는 게 아무것도 없었다는 사실이 달순을 더 놀라게, 더 슬프게 했다.

"제이 부모님은 지금 미국에 계세요. 한국엔 다섯 살 차이가 나는 남동생이 하나 있는데, 저와 제이의 관계를 알자마자 절연하다시피 등을 돌려서 사실상 지금은 남보다 못한 사이가 됐어요."

가족이란 무엇일까. 남보다 더 못한 사이로 등을 돌릴 수 있지만, 절대로 쉽게 끊어지지 않는 것. 멀리 떨어져 있어도 당장 곁에 있는 누군가보다 더 큰 힘을 가질 수 있는 것. 평생을 보이지 않는 실로 꽁꽁 묶여 있는 것. 그게 바로 혈연이었다.

달순은 잠시 예빈에게로 시선을 돌렸다. 지금 달순에게 있어 예빈은 자식보다 더 많은 것을 나누고, 무조건적으로 의지하며 기대고 있는 사이라 해도 수현과 같은 상황에 처한다면, 수현처럼 힘없이 뒤로 물러나야 할 것이 분명했다.

달순은 차오르는 한숨 대신 꼴깍, 침을 삼켰다. 그리고 그 위로 수현의 한숨이 덮였다. 수현은 이 사이로 잘근잘근 씹어 대던 입술을 놓고 천천히 뒷말을 이어나갔다.

"제이 동생은…… 착한 아이예요. 어릴 때부터 제이를 잘 따랐는데, 부모님과 떨어져 지내고 나서부터 제이를 더 각별히 여겼나 봐요. 그래서 그랬을 거예요. 충격이 컸겠죠. 이해…… 해요. 가족이라는 이유로 모든 걸 다 받아들일 수는 없는 거니까."

거짓말이다. 사실은 이해할 수 없었다. 이해하고 싶지 않았다. 세상 사람 모두가 손가락질한다 해도 가족은, 적어도 가족만큼은 저희 둘 편을 들어줘야 한다고 생각했다. 하지만 아니었다. 제이의 동생은 가족이기에, 자신만큼은 누구보다 제이의 편을 들어주고 싶기에 받아들일 수 없고, 받아들이고 싶지 않다고 했다. 이 문제는 범우주적 물리의 법칙을 벗어나 가까운 관계일수록 더 멀리 서로를 밀어냈다.

"결국 제이 동생이 동의서에 이름을 적었어요. 지난 몇 년을 연락 한번 없이 남처럼 지냈는데……. '환자와의 관계, 동생'으로 심플하게 정리가 되더라고요. 제이가 쓰러진 순간부터 몇 시간 내내 아니, 그보다 더 오랜 시간을 제이와 함께한 건 나였는데……."

목뒤가 저렸다. 불쑥 명치에서 화가 치솟았다. 그럴 일은 없겠지만, 만에 하나 여기서 제가 눈물을 보인다면 그건 슬프고 괴로워서가 아니라. 억울하고 분해서일 것이다. 수현은 벌벌 떨리는 입술을 꽉 말아 물었다.

'말해 봐.'

'뭘.'

'이게…… 누나들이 바라던 거야?'

'…….'

'다를 거 없다면서. 다른 사람들이랑 별다를 거 없다면서!'

'…….'

'이제 그만 인정하고 헤어져. 이건 다른 게 아니야. 누나들이 틀린 거야.'

제이에게 직접 헤어지자는 말을 들었어도 그보단 덜 아플 것 같았다. 세상엔 다양한 종류의 사랑이 있다. 설렘과 두근거림, 익숙함과 안정감이 모두 사랑과 같은 말이듯 무뎌지는 것도 식어가는 것도 헤어짐도 이별도 모두 그 안에 속해 있는 사랑의 과정이라고 생각했다. 하지만 틀렸다고 말하는 건 함께 나눈 시간과 수많은 감정과 기억들을 전부 부정하는 것이다. 분명하게 존재했던 것을 아예 없던 것으로 치부하고 도려내는 건 엄연히 다른 일이기에, 수현은 아팠다.

"제이도…… 알겠죠? 제가 흔들리고 있다는 걸."

"……"

"제이는, 저를 기다리고 있는 것 같아요. 제가 결정을 내릴 때까지."

꼬박 1년이 지났다, 10년 만에 처음 입 밖으로 꺼냈던 헤어지자는 말을 모르는 척 지내온 것이. 사람이 하는 말은 색이 진한 잉크 같아서 한번 엎지르면 주워 담을 수 없고, 반드시 흔적이 남는다. 진짜로 헤어질 자신이 없었으면, 이별을 견디지 못할 걸 뻔히 알았으면, 그런 말 따위 하는 게 아니었다. 닦아낼 수 있는 타이밍을 놓친 말은 딱딱하게 굳어 그 자리에 상처로 남았다.

수현은 버석한 숨으로 마른 얼굴을 쓸어내렸다. 건너편에 앉은 할머니는 아무 말이 없었다. 할머니는 그저 가만히 커피가 담긴 머그잔을 내려다볼 뿐이었다. 수현은 희끗하게 세버린 할머니의 정수리를 눈에 담았다. 가지런히 빗어 잘 정돈된 머리칼 아래 흐릿한 눈동자가 고요했다. 수현은 자신에게 주어진 그 침묵에 안도했다. 눈빛이 소란하지 않다는 건 재단하지 않는다는 뜻이었다. 처음부터 이해나 동조를 바라고 꺼낸 이야기가 아니었기에 타인이 정의하는 해답은 무의미했다.

하지만.

소리 내어 질문을 던져볼 필요는 있었다. 고여 있는 물은 반드시 썩기 마련이니까.

"헤어져야…… 할까요?"

할머니의 시선이 수현에게로 향했다. 수현은 괴로운 듯 미간을 좁혔다. 펄떡거리는 맥박이 목을 타고 올라가 관자놀이에서 둥둥거리며 뛰었다. 입이 말랐다. 할머니가 물었다.

"정말 그러고 싶어요?"

수현은 그 목소리로부터 도망치듯 다급한 말을 쏟아냈다.

"헤어지고 싶어요. 아니, 사실은 헤어지고 싶지 않아요. 헤어지면 대체 뭐가 달라지는 건데요? 제이 동생이 제이 곁에 남는 거? 그래서 더는 위험해지지 않을 거라는 거? 왜 그래야 하죠? 서로의 보호자가 될 수 없으면, 남들 앞에 떳떳하게 설 수 없으면, 우리가 우리여야 하는 것을 포기해야 하는 건가요? 안 그러면 되잖아요. 바뀌면 되는 거잖아요. 우리가 서로의 보호자가 될 수 있게. 우리를 이상하게 만드는 시선들, 그게 진짜 잘못된 일이 될 수 있게!"

맞아. 그거였다. 왜 지금까지 저희 둘을 바꿔야 한다고만 생각했을까. 틀린 것이 아니라면서. 부정하고 싶지 않다면서. 왜 굳이 저희 둘을. 수현의 입꼬리가 올라갔다. 속에 있는 것들을 모조리 쏟아내고 터뜨리자, 이제야 조금 살 것 같았다.

"저기……."

딸랑. 종소리가 들렸다. 수현과 할머니의 고개가 동시에 돌아갔다. 빼꼼히 열린 문으로 커플 한 쌍이 들어오고 있었다.

"어서 오세요!"

수현은 다시 할머니 쪽으로 시선을 돌렸다. 무언가 할 말이 있는 것처럼 자신을 부르는 목소리가 들렸던 것 같은데, 할머니는 이제 막 카운터 앞에 도착한 커플에게 신경을 빼앗긴 듯 보였다.

"흠흠."

문득 머쓱한 마음이 들어 헛기침을 쏟아냈다. 되짚어 생각해보니 혼자 너무 멋대로 떠들어대지 않았나 싶었다.

"죄송해요. 제가 너무,"

"응? 아……."

"흥분해서……."

팔짱 낀 커플이 주문 종이를 예빈에게 건네고 있었다. 할머니는 찰나의 순간 수현의 존재를 잊었던 사람처럼 의문이 적힌 눈으로 수현을 바라보았다. 수현은 바쁘게 움직이는 할머니의 눈동자를 참을성 있게 기다렸다. 할머니는 수현과 수현의 앞에 놓인 머그잔을 번갈아 보다가 마침내 할 말이 떠오른 듯 손뼉을 치고 말했다.

"그래, 혹시 내가 주문을 잘못 받았나요?"

"네? 갑자기 무슨……."

"커피가 그대로 남아 있는 거 같아서요. 미안해요. 내가 가끔 이래요. 나이가 드니까 자주 깜빡깜빡해. 이래서 주문은 종이에 받아야 하는데, 그 종이마저 잃어버리는 때가 있어서."

마주친 네 개의 눈이 같은 속도로 깜빡였다. 두 사람이 동시에 입을 다물자 어느 순간부터 잊고 있었던 음악 소리가 들리기 시작했다. 수현은 주위를 둘러보았다. 이럴 땐 어떻게 해야 하는지 배운 적이 없어 상황을 판단하는 일조차 쉽지 않았다. 애초에 수현이 주문한 아이스 아메리카노를 따뜻한 드립커피로 잘못 가져다준 건 맞지만, 그렇다고 긍정을 해야 할지 아니라고 부정을 해야 할지…….

할머니는 지금 어느 순간에 머물러 계신 걸까. 무엇을 기억하고 무엇을 잊고 계신 걸까. 수현은 할머니의 얼굴에 드러난 기색을 살폈다. 다행히 슬프거나 우울해 보이진 않았다. 수현은 자신이 저지른 과오를 너그럽게 용서해주던 할머니의 목소리를 떠올렸다. 그리고 대답했다.

"아니요. 제가 주문한 커피가 맞아요."

1시간 남짓 수현은 할머니의 기억 속에 숨어 살았다. 이번엔 수현이 할머니를 숨겨줄 차례였다.

미지근한 보리차 한 잔

―일기를 써보시는 건 어때요?

아주 오래된 낡은 건물이 묵은 먼지를 털어내고 '별다방'이라는 새로운 공간으로 다시 태어날 준비를 하고 있을 때. 들쭉날쭉한 감정과, 정말 그런 건지 아직은 알 수 없지만 알코올성 치매가 금방이라도 심해질 수 있다는 공포에 사로잡힌 달순을 보며 예빈이 한 말이었다. 달순은 언제나 자신에게 의외의 제안을 건네는 예빈을 향해 잘 모르겠다는 듯 수첩 위로 자신의 생각을 적었다.

―일기요? 글쎄. 나는 평생토록 글이란 걸 써본 적이 없는데요.

예빈은 무엇이든 첫발을 내딛는 것에 조심스러움과 우려를 표하는 달순을 잘 알고 있었기에 미리 준비해 온 물건들을 달순의 앞에 늘어놓았다.

―사실 저도 글을 잘 쓰진 못하지만, 매일 일기를 써요. 일기장은 뭐랄까, 자기만의 방 같은 거잖아요? 아무런 거짓도 없이 솔직하고 온전한 나를 만날 수 있는 그런 거요. '나'와 관련된 거라면 어떤 말이든 쓸 수 있고, 어떠한 감정이든 숨길 수 있으니까요. 물론 지나간 일들을 기록으로 남겨 기억하기에도 좋고요 :)

손바닥만 한 공책 몇 권과 연필 한 다스, 삼각형 모양의 연필깎이를 선물하며 예빈은 늘 그렇듯 밝고 예쁜 미소를 지어 보였다. 달순은 언제나 그런 예빈의 다정함에 약했다.

―알겠어요. 해볼게요. 대신 선생님한테도 안 보여줄 거예요. 알겠죠?

푸스스 터진 웃음에 어깨가 들썩였다. 달순은 예빈과 함께 하는 소소한 일상이 좋았다. 예빈은 텅 비어버린 달순의 삶을 채워주는 유일한 존재였다. 알코올중독이라는 깊고 어두운 심해 속에 두고 나온 모든 긍정적인 기운을 일깨워주는 단 한 사람이기도 했다. 달순은 그런 예빈을 잃고 싶지도, 잊고 싶지도 않았다.

누군가를 잃는다는 건 누구나 한 번쯤 혹은 그 이상 마주해야 하는 필연적인 일이었다. 달순 역시 몇 번의 상실을 고통스레 견뎌야 했다. 시어머니, 남편 그리고 세 명의 아이들. 이미 죽음이라는 다리를 건너 돌아올 수 없는 먼 곳으로 떠나간 두 사람은 가슴에 묻어야 하겠지만, 아이들은 과연 이 생에서 되찾을 수 있을까. 소중한 사람들을 잃지 않기 위해선 먼저 그들의 존재를 잊지 않아야 함을 달순은 알고 있었다.

그날 밤. 달순은 용기를 내어 연필 한 자루를 손에 쥐었다. 자그마한 구멍으로 연필을 끼워 넣고 손잡이를 돌리자 각진 부분을 깎아내며 부엌을 가득 채우는 돌돌돌 소리가 제법 편하게 들렸다. 달순은 중간중간 연필을 꺼내 칼날이 지나간 부위를 확인했다. 까맣게 드러나는 연필심이 너무 뾰족하지 않길 바라는 마음 때문이었다.

"……"

주먹을 쥐고 책등을 꾹꾹 눌러 편 공책을 앞에 두고 생각이 많아졌다. 서툰 맞춤법이나마 예빈과 나누는 필담은 익숙해졌지만, 받아주는 상대가 없는 말은 시작부터 모호했다.

무슨 말을 써야 할까. 벽에 걸린 시계 속 초침이 째깍째깍 달순을 다그쳤다. 알겠어. 알겠다고. 그만 좀 재촉해. 일단 뭐라도 쓰면 될 거 아냐. 바들바들 떨리는 손이 그날의 날짜를 적었다. 크리스마스를 이틀 앞둔 어느 밤이었다.

202X. 12. 23.
내 이름은 이달순입니다. 나는 지금 일기를 씁니다.

어렵사리 채워 넣은 문장에 미약한 만족감이 들었다. 긴장감으로 흐느적거리는 글자들이 얼핏 지렁이 같아 보이기도 했지만, 아무래도 괜찮았다. 여기 적히는 말들은 오직 자신만을 위한 것이었으니까.

……

나는 세 아이의 엄마입니다.
안지혜, 안지현, 안지환. 나의 아이들이 보고 싶습니다.

"아이구, 이런……."
아이들 이름 위로 눈물이 맺혔다. 급하게 닦아낸 손가락 끝엔 거뭇한 자국이 남고, 아이들의 이름은 회색으로 뭉개졌. 달순은 머리를 감쌌다.
밤이 되면 우울감이 밀려왔다. 분명 여기저기 문단속을 잘 했음에도 우울은 달빛을 타고 내려와 창문 틈으로 스며들었다. 피할 곳이 없었다. 달순은 밤마다 우울을 곁에 두고 아침이 오길 기다렸다. 오늘의 우울은 평소보다 그 농도가 짙었다. 잔뜩 웅크리고 있는 달순의 몸에 올라타 숨통을 조였다. 이럴 때마다 떠오르는 술 생각은 관성 같은 것이었다. 위험하다. 적색 경고등이 울렸다. 달순은 식탁에 올려둔 물병을 끌어다 컵도 없이 벌컥벌컥 물을 들이켰다. 미지근한 보리차의 뒷맛이 우울과 뒤섞여 묽어졌다.

"후우."

단단하게 뭉친 숨을 뱉어내고 다시 연필을 들었다. 눈물로 번진 글자들을 지우는 대신 아랫줄에 한 번 더 그리운 이름들을 적어 넣고, 선명한 다짐이 새겨진 문장을 더했다.

......

안지혜, 안지현, 안지환.

나는 별다방의 문이 열리기를 기다립니다.

202X. 12. 28.

운명숙. 커피를 조아하는 원형 슈퍼 사장님.

예전에는 학교에서 과학을 가리키는 선생님이었단다.
친구가 생긴다는 건 참 좋은 일.
어제는 토마토주스를, 오늘은 알로에주스를. 내일은 당근주스일까?

202X. 12. 29.
틀렸다.
오늘은 당근주스가 아니라 군고구마에 사이다 *^^*
예빈 선생님은 호박고구마를 좋아한단다.

202X. 1. 15.
아기 돼지 삼형제 중 막내 돼지가 지었을 것 같은 빨간 벽돌집.
늙으니 주름처럼 나이 먹은 벽돌에도 생긴 실금 같은 주름들.
내 키보다 큰 담벼락을 부수고 녹슨 철문도 다 부서 없앴다.
흙먼지를 헤치고 나온 인부들이 머리가 새하얗다.
한겨울 눈과 어울리는 색이었다.

202X. 2. 3.
선생님과 황학동 주방 거리에 다녀왔다.
을지로에 있는 조명 가게에도 갔다 왔다.
쇼핑. 플랙스?

아무튼 돈 쓰는 일은 다 즐겁다며 선생님이 웃었다.

선생님 차는 무쏘처럼 생긴 커다란 차. 운전이 거칠다.

어설프게 더듬거리던 문장들이 조금씩 간결해졌다. 매일 꼬박꼬박 작성하는 건 아니더라도 꾸준히 써보려 노력한 덕분이었다. 일기장에 적히는 내용은 때론 간결하기도, 때론 길기도 했다. 일기장에 꼭 남기고 싶은 기억들은 행여나 짧은 새에 잊어버리기라도 할까 걱정이 되어 늘 가지고 다니는 수첩에 메모를 적어두는 습관을 길렀다. 달순은 집에서 가장 잘 보이는 곳에 일기장을 모셔두고 틈이 생길 때마다 그것을 들춰보는 재미를 알아갔다.

그리고 그 일기장은 달순의 두 번째 시작에도 함께 있었다.

202X. 2. 28.

드디어 내일, 별다방의 문이 열린다.

설렌다. 떨린다. 내가 잘할 수 있을까?

오늘 선생님이 내게 말했다.

나는 더 이상 알콜중독 환자가 아니라고.

안다. 알고 있다. 하지만 나는…… 여전히 두렵다.

나에게 내려진 '치매'라는 진단명이.

202X. 3. 1.

노란 테두리로 된 문에서 딸랑, 종소리가 난다.

가게 앞 처마 끝에 달린 조명은 밤이 되면 삼각형으로 된 노란빛을 뿜어낸다.

날씨가 좋았다. 선생님은 들뜬 기색이 역력했다.

첫 번째 손님은 오래전부터 예고했듯 명숙 씨였다.

사장님은 따뜻한 카푸치노를 시키고 테이블에 앉았다.

선생님이 내린 커피를 내가 가져다주었다. 명숙 씨는 커피를 마시는 내내 기뻐했다.

많은 사람들이 별다방을 좋아했다. 나는 오늘 아메리카노를 2잔 만들었다. 허리가 아프고 다리가 아팠지만, 버틸 만했다. 실수가 없어 다행인 날이었다.

마감 시간이 되어 간판에 불을 내리고 작은 조명만 남긴 별다방에서 커피를 마셨다. 선생님과 둘만 남은 공간은 고요했다. 소란하지 않아 행복한 밤이었다.

처음으로 한 페이지를 가득 채운 일기였다. 힘주어 눌러쓴 덕분에 손가락 안쪽으로 연필 모양의 자국이 생겼고, 뒷장까지 글자의 흔적이 남았다. 빼곡하게 글자가 적힌 페이지를 넘겨 조심스럽게 뒷면을 쓸어내리자 점자처럼 피부로 오돌토돌

한 감촉이 느껴졌다.

달순은 새롭게 쓰인 자신의 인생을 면면이 펼쳐 보았다. 우울감에 글씨들이 기울어진 날도 더러 있었지만, 그렇지 않은 날이 더 많아지고 있었다. 다시, 행복해지고 있는 걸까? 예빈이나 명숙의 웃음소리가 들리는 날들을 지날 때마다 슬금슬금 귓가로 올라가는 입꼬리를 느끼며 달순은 생각했다. 어쩌면 자신을 가두고 있었던 철창문은 누군가 바깥에서 잠근 것이 아닌, 스스로가 안쪽에서 굳게 잠그고 있던 것일지도 모르겠다고.

202X. 3. 4.

티타임이 생겼다.

별다방의 영업시간은 오후 12시부터 오후 9시까지.

오픈 준비를 마치면 선생님은 가장 볕이 잘 드는 자리에 앉아 커피를 기다린다.

실전과 연습은 하늘과 땅만큼의 차이가 있다.

선생님이 할 땐 쉬워 보이던 것이 내가 하면 왜 그리 낯설게 느껴지는지.

아이스 아메리카노의 얼음은 너무 쉽게 녹는다.

202X. 3. 17.
선생님은 늙은 나보다 더 느긋하다.
운전할 때 빼고는 무엇이든 서두르는 법이 없다.
내가 굼벵이처럼 느리게 움직여도 재촉하지 않는다.
손님이 없으면 없는 대로. 책을 읽고 바깥 구경을 하고.
별다방이 망하면 나는 큰일이 나는데…….

202X. 3. 25.
휴대폰을 잃어버렸다.
어디 갔는지 한참을 찾았는데 계산대 안 현금 칸에 있었다.
그게 왜 거기 들어가 있었을까…….

보통의 날들이 이어졌다. 보통의 날. 달순은 '보통'이라는 단어의 어감이 좋았다. 살다 보면 '최고'나 '최악'이 아닌 '보통'이나 '평범'한 날이 가장 어려운 것임을 깨닫게 되는 순간이 있다. 달순에겐 요즘이 바로 그런 날이었다. 삶의 표면이 더는 일렁이지 않는다. 그렇게 대체로 잔잔했다.

202X. 4. 3.
오늘은 병원에 정기검진을 다녀왔다.

오랜만에 만난 사람들과 인사를 나눴다.

사람들이 건네는 안색이 좋아 보인다는 말이 반가웠다.

그동안 어떻게 지냈냐는 의사의 물음에 모든 게 다 괜찮다고 했다. 의사는 내게 술 생각이 나지 않는지, 무언가를 자주 잃어버리거나, 잊어버리지는 않는지 물었다.

나는 모든 것이 전과 같다고 답했다.

202X. 4. 6.

차가운 봄비가 쏟아지는 밤.

사납게 내리치는 번개와 함께 손님이 찾아왔다.

소주 냄새를 잔뜩 묻히고 들어선 남자였다.

술에 취해 몸을 제대로 가누지 못하고 머리가 휘청거렸다.

킁킁거리는 코끝으로 알싸한 향이 몰려들자 침이 꼴깍 넘어갔다. 덜덜 떨리는 손을 꾹 말아 쥐고 온몸에 힘을 주어 커피를 내렸다.

아무리 정신을 집중하려고 노력해도 쉽지 않았다. 내 발은 어느새 술 냄새를 풀풀 풍기는 그의 곁에 가 있었다. 뭐라고 주절거렸는지도 모르겠다.

카페 안으로 들어찬 커피 냄새가 술 냄새를 밀어내는 것이 아쉬웠다.

나는 나도 모르는 사이 술 냄새를 좇았다. 그리고 정신이 아득해지는 그때, 커다란 덩치의 남자가 엉엉 울기 시작했다. 그 소리가 나를 깨웠다.

평범하던 일상에 사건이 끼어든 날이었다. 난데없는 폭우 속에서 불현듯 나타난 남자에게선 끔찍한 냄새가 났다. 며칠 전 '요즘은 술 생각 안 나세요?' 하고 묻던 의사의 목소리를 떠올리게 하는 냄새였다. 달순은 굳게 마음을 먹었다. 긴장 상태에 돌입하면 으레 그렇듯 손이 떨렸지만, 예빈이 있으니 이겨낼 수 있을 거라 믿었다. 하지만 남자와의 거리가 너무 가까웠다. 커피를 내리는 일에 집중하면 할수록 후각은 자꾸만 외면해야 할 곳을 향했다.

불행이라고 해야 할지, 어쩌면 다행이라고 해야 할지, 술에 취해 울기 시작한 남자의 주사가 달순의 무의식을 가로막았다. 사는 게 왜 이렇게 힘들고 어려운지 모르겠다며 다 큰 사내가 엉엉 소리 내어 우는데, 전기에 감전되기라도 한 것처럼 일순간 찌릿한 마음이 들었다. 그런 남자를 다독이기 시작한 것은 본능이었다.

마른 수건으로 흠뻑 젖은 옷의 물기를 닦아주고, 한껏 웅크린 등을 토닥여주었다. 살아남는 것에 급급했던 그 어느 날 자신의 모습이 남자와 겹쳐 보이던 순간, 집요하게 따라붙던 술 냄새가 흔적도 없이 사라졌다. 대신 달순은 '무언가를 자주 잃어버리거나, 잊어버리지는 않으세요?' 하고 묻던 의사의 말을 강하게 부정하듯 수십 년 전 어느 날의 풍경을 선명하게 데려왔다.

'언젠가 우리 남편도 그런 날이 있었어요. 오늘처럼 비가 억수같이 내리던 날, 그 빗소리에 묻히길 바라며 혼자 숨죽여 울던 날이.'

남편이라는 단어를 입 밖으로 꺼내는 건 정말 오랜만의 일이었다. 그도 그럴 것이 그동안 달순에겐 그럴 만한 기회가 없었다. 아이들이라도 곁에 있었다면 매년 돌아오는 남편의 기일마다, 어쩌면 그보다 자주, 기억이라는 이름보다 추억이라는 이름에 가까워진 그의 이야기를 나눴을지도 모른다. 하지만 지금 달순의 곁엔 아무도 없었다.

남자는 추억을 늘어놓기에 좋은 상대였다. 다소 일방적이었을 대화에도 지치거나 지루해하는 기색이 전혀 없었다. 오히려 그 반대였다. 남자는 참을성이 있었다. 상대를 배려하는 것이 몸에 익은 사람이었으며 상대의 말을 함부로 판단하거나 곡해하지도 않았다. 남자는 햇빛의 양분을 빨아들이는 식물처럼 가만가만 고개를 끄덕였다. 그리고 달순에게 말했다.

'감사…… 합니다, 어르신.'

크나큰 위기와 위협으로 남을 줄 알았던 남자의 방문은 특별한 기억으로 남았다.

바람이 불어 사선으로 내리던 빗속으로 남자가 사라진 뒤 충분한 우려가 담긴 얼굴로 예빈이 말을 건넸다.

―비도 많이 오는데, 오늘은 저희 집에서 저랑 같이 주무실래요?

예빈의 제안을 거절한 것은 지금처럼 일기를 쓰기 위함이었다. 달순은 남자와의 기억을 기록으로 남기고 싶었다. 위험했던 순간을 되짚고 차분하게 나눴던 대화를 복기하며 오돌토돌한 삶의 흔적으로 여기 새겨놓으면 언젠가는 흩어져버릴 기억도 붙잡을 수 있을 거라고 생각했다. 하지만 그건,

착각이었다.

202X. 7. 21.

오늘 웬 남자가 찾아와 나에게 과일 바구니를 내밀었다.

내 덕에 뭐가 어쨌다고 했는데……. 기억이 나지 않았다.

남자가 무어라 계속 말을 늘어놓는데 무슨 말인지 알아들을 수 없었다.

나는 남자에게 당신이 누군지 모르겠다고 말했다.

나를 보는 남자의 얼굴이 흙빛이 되었다.

선생님은 남자가 지난봄 내게 신세를 진 일이 있었다고 알려주었다.

집에 돌아와 일기장을 뒤져보니 그런 일이 있었다.

무려 일기장 두 장을 빼곡히 적었었는데…….

어째서 기억이 나질 않는 걸까.

그때 봤던 그의 젖은 얼굴도, 오늘 그의 얼굴도.

달순은 힘없이 유리컵에 보리차를 따랐다. 메마른 입술을 축이고, 굳게 닫힌 목까지 적시고 나니 기운이 다 빠졌다. 아직도 남자의 황망한 표정이 눈앞에 있는 듯 생생했다. 그렇게 잊고 싶지 않아 꾹꾹 눌러쓴 기억들은 대체 어디로 사라져버린 걸까. 달순은 식탁에 머리를 기댔다.

끔뻑거리는 시선에 보리차가 반쯤 남은 유리컵이 담겼다. 수파에 굴절된 찌꺼기들이 커다랗게 몸집을 불려 알알이 눈에 박혔다. 시계 초침 소리가 유난히 크게 들려 거슬린다고 느껴질 때쯤 냉장고 모터 소리가 웅웅거리며 귓속을 파고들었다. 우울은 찰나의 틈을 놓치지 않고 달순의 옆에 앉았다.

"어쩌다 이렇게……."

손에 쥔 일기장이 바스락거렸다. 때로는 받아들일 수 없는 사실을 받아들여야 한다는 것을 알고 있었다. 세상의 섭리 앞에서 인간의 준비란 무용하다. 나는 언제까지 나로서 존재할 수 있을까.

한때는 송두리째 인생을 지워버리고 싶었다. 망각 뒤에 숨으면 모든 게 다 편해질 줄 알았다. 뇌졸중 판정을 받고 삶의 반대편으로 멀어져가는 시어머니가 평생을 짊어진 고단함을 내려놓고 작은 꽃 한 송이에도 소녀처럼 기뻐할 때면 그게 축복처럼 느껴지기도 하던 시절이 있었다. 달순은 예빈과 별다방을 떠올렸다. 여름은 해가 기니 어쩌면 지금이 사라지기 가장 좋은 계절인지도 몰랐다.

지금 모아둔 돈으로 시설 같은 곳에 들어가면 얼마나 버틸 수 있으려나. 곰곰이 통장에 들어 있는 숫자들을 더하고 빼다가 난데없이 싹둑, 생각이 잘렸다. 달순은 자리에서 일어나 냉장고에 넣어둔 밥과 반찬을 꺼내 식사를 했다. 밤 12시가 훌쩍 넘은 시간이었다.

며칠 동안 집안일을 하지 못했더니 한 줌씩 남은 반찬들이 금세 동났다. 설거짓거리도 늘었다. 달순은 몸에 익은 습관대로 약을 먹었다. 말끔하게 비워낸 유리컵 아래로 점점이 작은 찌꺼기들이 남았다. 설거지해야 했다.

별다방에 손님이 늘었다. 달순에게 다가와 이런저런 얘기를 털어놓는 사람들이 많아졌다. 달순은 기꺼이 그들의 대화 상대가 되어주었다. 누군가는 달순이 하는 말에 울기도 하고, 누군가는 달순이 하는 말에 크게 웃음을 터뜨리기도 했다. 물론 호의적인 사람들만 있는 것은 아니었다. 간혹 벌게진 얼굴로 문을 박차고 나가는 사람도 있었다. 그리고 어느 날의 누군가처럼 허망하고 황망한 표정을 짓는 이도 드물게 존재했다.

달순은 꾸준히 일기를 썼다. 달순의 일기장엔 그날 하루 별다방에서 있었던 일이 적히기도 했고, 때마다 밤의 시간을 점령하는 상념들이 담기기도 했다.

202X. 11. 19.
병원 정기검진일.
병원 문을 열고 들어서는데 누군가 내게 달려와 말했다.
아니, 왜 또 왔어요? 어디가 안 좋아요?
나는 상대가 한 말의 의중을 몰라 한참을 멍하니 붙박힌 듯 서 있다가 문득 깨달았다.
이틀 전에도 내가 이곳에 왔었다는 것을.

202X. 12. 25.
오늘은 지혜의 생일이다.

지혜는 소복하게 눈이 내리던 성탄절에 태어났다.

단축번호 1번을 눌러 지혜에게 전화를 걸었다.

지혜는 전화를 잘 받지 않는다.

온종일 휴대폰을 붙잡고 있는 나에게 선생님이 물었다.

어디에 그렇게 전화를 거세요?

나는 오늘이 큰 아이의 생일이라고 답했다.

선생님은 우는 것도 웃는 것도 아닌 표정을 지었다.

......

잠들기 전 액자들로 가득한 진열장을 보다 문득 떠올랐다.

아이들은 다 나를 떠났다.

내가 거는 전화는 아이에게 닿을 수 없다.

202X. 12. 27.

휴대폰을 바꿨다.

단축번호 1번에 선생님 번호를 넣었다.

이렇게 하면 길을 잃어도 나를 찾을 수가 있다고 했다.

선생님이 나를 찾아오겠다고 했다.

202X. 2. 5.

제이와 헤어지기 싫어요.

헤어지지 않을 거예요.

202X. 3. 19.

부쩍 자주 보이는 얼굴이 있다.

아주 가끔은 그 친구의 얼굴이나 표정이 희미할 때도 있지만, 목소리만큼은 익숙하게 기억이 난다.

"혹시 우리가 어떤 대화를 길게 나눈 적이 있던가요?" 하고 묻자

"저를, 기억 속에 숨겨주셨어요." 하고 웃는 얼굴이 어여뻤다.

202X. 3. 24.

"이 친구가 제이예요."

제이.

처음 듣는 것 같은데 어쩐지 아는 이름같이 느껴진다.

서로를 향한 웃음에서 빛이 났다.

둘은 나와 깊게 얽혀 있는 사람들처럼 맹목적으로 다정한 시선을 보냈다.

요즘 들어 부쩍 주위에 저런 시선을 가진 이들이 늘어간다.

……

"오늘은 일이 있어서 먼저 가볼게요. 제이야, 집에서 봐!"

익숙한 얼굴이 가고, 낯선 얼굴이 별다방에 남았다.

제이. 그래, 본명 아는 이름이다. 제이가 내게 물었다.

"저도 선생님과 대화를 나눌 수 있을까요?"

아주 조심스럽지만, 조심스럽기에 더 거절할 수 없는 요청이었다. 물론 거절할 마음은 전혀 없었다. 달순은 동그란 테이블을 사이에 두고 제이와 마주 앉았다. 평일 오후 2시가 조금 넘은 시각, 다행스럽게도 별다방은 한적했다. 바 테이블 안쪽에선 늘 그랬듯 예빈이 느긋한 손길로 책을 읽고 있었다.

"음…… 어디서부터 말씀을 드리는 게 좋을까요."

"두 사람이 사귀는 사이라는 건 알고 있어요. 워낙 자주 얘기를 해서, 이제 기억에 박힌 것 같아."

가벼운 목소리로 대화의 문이 열렸다. 달순은 자신이 모든 것을 다 기억하진 못하지만, 모든 것을 다 알고 있는 것처럼 편하게 이야기하라고 말했다. 제이는 허리를 곧게 펴고 자세를 고쳐 앉았다. 통유리로 쏟아지는 봄날의 햇살이 테이블에 가지런히 올려둔 제이의 손등 위로 부스스 떨어졌.

"사실 수현이가 생각이 좀 많아요. 아, 수현이는 아까 그 친구 이름이에요. 저는 수현이의 신중한 면을 좋아해요. 수현이가 어떤 말을 한다면 그건 마음속으로 한 천 번쯤? 생각하고 내뱉은 말일 거예요. 그래서 수현이가 먼저 헤어지자고 말했을 때 내색은 안 했지만, 어떻게 해야 하나 정말 많이 당황했어요. 진짜로 그렇게 돼버릴까 무서웠거든요."

제이는 어느 날의 크리스마스이브를 떠올렸다. 어릴 땐 그저 둘만 좋으면 전부인 줄 알았는데, 해가 지날수록 그렇지 않다는 사실에 힘들던 날이었다. 그 무렵 수현은 죄책감과 부채감에 사로잡혀 있었다. 평범하고 떳떳하게, 다른 이들의 축복을 받으며 살 수 있었던 제이를 그늘진 고통 속으로 끌고 들어온 것이 자신이라 믿는 듯 보였다.

제이는 답답했다. 그게 아닌데. 수현을 사랑하게 된 건, 수현과 이렇게 연인이라는 이름으로 묶일 수 있게 된 건, 자신이 인생에서 내렸던 그 어떤 선택보다 가장 잘한 일이었다. 하지만 수현은 그걸 알면서도 무언가를 바꾸고 싶은 것 같았다. 제이는 수현을 가두고 있는 그 생각이 부서지길 바랐다.

"가끔은······."

"······."

"스스로 설득되거나 납득되지 않는 생각들이 있잖아요. 그렇게 생각하는 게 사실 무의미한 줄 알면서 같은 자리를 계속 맴돌게 되는 그런 생각들이요. 수현인 그런 생각 속에 갇혀 있었어요. 제가 아프고 수술을 받게 되면서 더 그랬던 것 같아요. 그 전까지만 해도 형체 없이 막연했던 불안이 발화돼서 수현이 속을 까맣게 태워버렸나 봐요. 그래서 저는 이제 우리에게 어쩔 수 없는 일이 벌어질 수도 있겠구나 생각하고 마음의 준비를 했어요. 관계라는 게…… 한 사람의 의지만으로 어떻게 할 수 있는 일이 아니니까요."

이야기하는 중간중간 제이는 커피를 마셨다. 포근해진 날씨에 따라 커피는 천천히 식어갔다.

"선생님께 너무 감사해요. 어떻게 해야 이 마음을 다 전할 수 있을지 모르겠어요."

"나한테요? 나는 뭐…… 한 것도 없는데."

"선생님을 만나고 수현이가 달라졌어요. 어떤 결심을 하게 된 것 같아요."

"어떤 결심을?"

"헤어지지 않을 결심이요."

미소를 머금은 제이의 입술 틈으로 하얀 머그잔이 물렸다. 도톰한 컵 안에 옹기종기 모여 있던 김이 제이의 코끝을 지나 부드럽게 뺨을 쓰다듬고 공기 중으로 흩어졌다. 따뜻하고 촉촉한 온기에 눈썹 끝이 간지러웠다. 아주 잠시 입안에 머금었다가 목구멍으로 넘긴 커피가 고소한 향을 남겼다. 이곳은 더없이 평화로운 공간이었다. 그 평화의 근원은 제이의 바로 맞은편에 있었다.

"수현이가 혼자 고민하고 결정했다면 아마 지금쯤 저는 선생님 앞에 없었을 거예요. 선생님 덕분에 저는 이렇게 맛있는 커피도 마시고, 선생님처럼 좋은 분과 대화를 나누고 있어요. 정말 감사해요."

선생님 덕분이에요. 감사해요.

참으로 듣기 좋은 말이었다. 언젠가 누군가 자신이 잊어가는 그 기억 속에 숨고 싶다는 말을 한 적이 있었다. 그게 누구였는지, 어떠한 상황에서 그런 말을 한 건지 자세히 기억나진 않았다. 하지만 아마 별다방을 찾아와 자신과 대화를 나누길 원하는 사람이라면 누구나 그런 마음을 가지고 있을 거라고 달순은 어렴풋이 짐작했다.

달순은 기억들이 잊혀가는 게 두려워 희미하게 옅어지는 삶의 조각들에 긴 밤을 베고 누워 우는 날들이 많았다. '나'라는 인간의 존엄성이 산산이 부서져 사라지고, 결국 주변 사람들에게 폐만 끼치며 정작 나 자신은 그런 기억도 염치도 없이 살아가야 할 날에 겁을 집어먹기도 여러 번. 달순이 자신을 놓지 않고, 계속해서 자신을 잃지 않게 손을 잡아준 건 지금 제이와 같은, 별다방 사람들이었다.

함께 나누는 대화엔 분명한 힘이 있다. 혼자 고민하는 것보다 소리 내어 타인과 대화를 나누는 것이 가지는 가장 큰 이점은 말을 하면서 정리가 된다는 사실이다. 그러다 보면 결말은 자연스럽게 도출되고, 쓰러질 듯 위태로웠던 마음이 바로 서게 된다. 누군가에게 자신의 고민을 얘기한다는 것이 꼭 누군가에게 답을 바라는 것이 아님을 안다. 달순은 그저 들어주었을 뿐이고, 스스로 답을 얻은 사람들이 달순을 살게 했다. 때로 사람들은 자신도 모르는 사이 서로를 구원한다.

"제가 선생님 드리려고 뭘 좀 가져왔는데."

"이게 뭐예요?"

"올리브 나무랑 팥양갱이에요. 마음에 드셨으면 좋겠어요."

제이가 달순에게 건넨 것은 자그마한 잎사귀가 귀여운 나무 한 그루와 소담하게 가득 담긴 양갱 상자였다.

"아휴……. 뭘 이런 걸."

초록 잎과 짙은 갈색 양갱에서 뿜어져 나오는 달콤한 향이 조화롭게 섞였다.

"고마워요."

그렇게 말하는 달순의 눈가로 잔잔한 주름이 접혔다. 달순은 잠깐만 있어보라며 제이를 향해 손을 흔들고 재빠른 걸음으로 앞접시와 예빈을 챙겨 왔다. 세 사람이 둘러앉아 먹기 좋게 자른 양갱을 하나씩 입에 무니 푸스스 웃음이 났다.

"아니, 이렇게 맛있는 양갱이 어디서 났어요?"

"아, 그거요 예전에 저희 할아버지가……."

  창밖으로 높이 솟은 태양이 두 번 색깔을 바꿨다. 덩어리진 구름이 느릿하게 흘러가고, 별다방엔 카푸치노를 한 잔 더 마시러 온 명숙 씨와 몇몇 사람들이 스쳐 지나갔다. 제이는 점점이 내린 드립커피를 말끔하게 비우고 자신의 자리로 돌아갔다. 그날은 마감 시간이 되어 간판 불을 끄고 노란 테두리로 된 문을 잠글 때까지 달순이 잊어버리는 것은 없었다. 달순은 이런 일상이 영원하길 간절히 기도했다.

디카페인 옛날 커피

나현은 어릴 적부터 자동차보단 오토바이와 친했다. 초등학교를 입학하기 전 일곱 살쯤에 살던 빌라 앞에는 자전거를 다닥다닥 세워놓는 자전거 보관대가 있었다. 거기엔 주인이 있는 자전거도, 방치된 채 꿉꿉한 먼지만 잔뜩 쌓아 올린 주인 없는 자전거도, 앞집 꼬맹이의 세발자전거도 있었다. 그중 나현이 가장 좋아하던 건 항상 같은 자리에 세워져 있는 아빠의 빨간 시티 오토바이였다.

그때는 지금보다 시티 오토바이가 흔했다. 매일 우편물을 가져다주는 우체부 아저씨의 오토바이도 시티 오토바이였고, 황금반점 민진 삼촌의 배달 오토바이도 시티 오토바이였다.

하지만 아빠의 시티 오토바이가 유달리 특별했던 건 꼬맹이 시절 자신이 다닥다닥 붙여놓은 포켓몬 스티커와 아빠가 손수 만들어준 폭신한 방석 때문이었다.

아빠가 시동을 건 오토바이에선 달달거리는 소리가 났다. 아빠는 신나서 발을 동동 구르는 나현을 번쩍 들어 안아 방석 위에 올렸다. 아빠의 커다란 주먹이 어린이용 헬멧을 쓴 나현의 머리를 콩콩 두드리면 나현의 작은 가슴은 설렘으로 가득 찼다. 그것은 모험을 떠나자는 둘만의 신호였다.

선선한 바람이 여린 살을 스쳤다. 콧구멍을 파고드는 바람은 뱃속까지 들어와 나현의 기분을 간질였다. 봄이면 꽃길을 지나고, 여름이면 빗속을 달리며, 가을엔 수북이 쌓인 낙엽을 밟았다. 겨울은 아빠의 오토바이가 유일하게 휴식을 취하는 계절이었다.

아빠는 겨울에 타는 오토바이를 싫어했다. 어쩌면 겨울이라는 계절 자체를 싫어했는지도 모르겠다. 아빠의 아빠, 그러니까 나현의 할아버지는 동네에서 제일가는 오토바이 마니아였다. 가죽 잠바에 가죽 장갑을 끼고 검정색 오토바이를 타는 멋쟁이기도 했단다. 할머니는 안전상의 이유로 할아버지의 취미 생활을 반대했지만, 나현의 아빠까지 대를 이어 오토바이를 타는 걸 보면 아무래도 설득에 실패했던 것 같다. 물론 할머니의 우려는 현실이 되었다. 할아버지는 요즘 말로 블랙아이스, 얼어붙은 도로에서 미끄러져 운명을 달리했다.

그쯤 되면 할아버지의 목숨을 앗아간 그 물건을 질색할 법도 한데, 그놈의 유전자가 뭔지. 나현은 네발자전거의 보조 바퀴를 떼고 두발자전거를 타기 시작하자마자 호시탐탐 아빠의 운전석을 탐냈다. 아빠는 나현의 그런 욕심을 탐탁지 않아 했지만, 주민등록증이 나오기도 전에 원동기면허부터 딴 것은 나현으로선 당연한 일이었다.

결론적으로는 잘한 선택이었다고 나현은 생각했다. 할머니와 아빠가 함께 운영하는 호프 겸 치킨집 '나현이네 통닭'은 프랜차이즈도 아닌데 제법 돈을 많이 벌었다. 할머니 손맛은 죽율동뿐만 아니라 옆 동네의 옆 옆 동네까지 소문이 자자해 아빠의 오토바이는 쉴 틈이 없었고, 나현은 월드컵이나 올림픽 같은 치킨 업계 대목이 오면 자잘하게 배달 업무를 도왔다. 그렇게 긴 시간 모아온 용돈으로 마련한 나현은 노란색 스쿠터를 장만했다.

나현의 엄마는 나현이 고등학생이 되기 직전 집을 나갔다. 야망이라고는 눈곱만큼도 없는 아빠와 더는 같이 살 수 없다는 게 이유였다. 야망 없는 삶. 그게 그렇게 나쁜 일인가? 삶을 대하는 태도가 치열하지 않다고 해서 패배자는 아닌데. 아빠와 이혼하기 전 엄마는 나현에게 입버릇처럼 말했다. 너는 타고난 기질이 아빠를 닮았다고. 그런 말을 할 때면 언제나 엄마 손엔 성적표가 들려 있었다.

 엄마는 항상 최선보다는 최고를 바랐다. 그래서인지 끊임없이 남과 비교하는 것을 좋아했고, 자신이 갖지 못한 더 나은 것에 대한 갈증을 해결하고 싶어 했다. 결국 엄마는 이혼 도장이 마르기도 전에 나현과 같은 반이었던 전교 1등의 의사 아빠와 새살림을 차려 해외로 떠났다. 엄마의 말처럼 타고난 기질이 아빠를 닮았던 나현은 그저 언젠가 일어날 일이 조금 일찍, 아주 가까운 곳에서 일어난 것뿐이라며 자신을 다독였다.

 평범하고 무난한 날들이 지나갔다. 적어도 할머니가 노인성치매에 걸리기 전까지는 그랬다. 엄마 탓을 하려는 건 아니지만, 아니 사실은 그게 맞을지도 모르지만. 엄마의 가출과 일방적인 이혼 통보 이후 할머니는 중요한 것을 하나둘 잊어가기 시작했다. 처음엔 단순 건망증인 줄 알았다. 할머니 정도의 연세가 되면 으레 그런 일이 벌어지는 거라고 생각했다. 하지만 아니었다. 할머니의 증상은 날이 갈수록 뚜렷한 치매 양상을 보이며 심각해졌다.

 '시간이 몇 신데 아직도 밥을 안 줘?'
 '할머니, 나 지금 우리 저녁 먹은 그릇 설거지하고 있는데?

'무슨 소리야. 우리가 언제 저녁을 먹었어? 배고파. 빨리 밥 줘. 밥 먹자.'

물건과 사람, 대화 내용 같은 것을 자주 잊어버리는 증상이 악화되자, 할머니는 조금 전 당신이 식사를 마치고 숟가락을 내려놓았다는 사실조차 기억하지 못했다. 뿐만 아니라 아빠를 제외한 모든 사람을 적대적으로 대했는데, 나현도 예외는 아니었다.

'너지!'

'응? 할머니, 뭐가?'

'서랍 안에 넣어둔 내 돈! 네가 가져갔잖아!'

'서랍에 넣어둔 돈이 없어졌어? 언제?'

'요것 봐라? 아주 시치미를 뚝 떼네?! 내 돈 내놔, 내 돈! 네가 가져간 거 내가 다 알아!'

시도 때도 없이 할머니는 당신이 숨겨둔 돈을 내놓으라며 나현의 등에 손바닥을 꽂았다. 나현보다 한참 작고 왜소한 체구에서 어떻게 그런 무지막지한 힘이 나오는 건지 알다가도 모를 일이었다. 처음엔 나현도 할머니가 아프셔서 그런 거다, 이 또한 지나가리라 하는 마음으로 참았다. 하지만 그런 일이 몇 번이고 반복되자 나현도 화를 참을 수가 없었다.

'아, 진짜! 나 아니라고! 왜 자꾸 생사람을 잡아, 할머니! 그

만 좀 해, 제발!'

그날은 유독 실랑이가 긴 날이었다. 찜통더위가 기승을 부려 불쾌지수가 높은 날이기도 했다. 나현은 버럭 소리를 지르고 나서야 할머니 손아귀에서 벗어나 얼얼하게 달아오른 등짝을 쓸어내릴 수 있었다. 손바닥도 모자라 이젠 주먹질까지 견뎌야 하다니. 서운함과 억울함이 검은 천에 덮인 콩나물처럼 무럭무럭 자랐다.

'나현이 너, 혹시 할머니랑 무슨 일 있었어?'

'할머니랑? 왜?'

'아니, 그냥. 할머니가 요새 좀 우울해 보이는데, 네 이름만 나오면 딴청을 부리시길래. 아빤 너랑 할머니랑 다투기라도 했나, 싶었지.'

'할머니가…… 그랬어?'

'어. 쓰읍, 너도 아니면 대체 뭐 때문에 그러실까.'

할머니가 우울해 보인다고? 평소보다 조금 퉁명스러워진 감은 있었지만, 우울이란 단어는 생각해본 적 없는 감정이었다. 치매 진단을 받은 후 할머니는 계속 잊어버리고 자주 까먹으니 그날 일도 뒤돌아서면 지워질 줄 알았는데 아니었나보다. 정말 모르겠다. 어떤 날은 예전과 같고, 또 어떤 날은 완전히 다른 사람 같고, 다정하다가도 갑자기 사납고.

코로나가 터지며 매장 매출이 눈에 띄게 줄어드는 바람에 나현은 가게 배달뿐만 아니라 다른 업체의 배달 대행까지 일을 늘려야 했다. 밖으로 도는 시간이 많아지다 보니 자연스레 할머니와 함께하는 시간도 사라졌다. 할머니는 점점 나현에게 알 수 없는 사람이 되어갔다. 늦은 밤, 나현은 조심스럽게 할머니의 방문을 열었다. 방 안에 오래도록 갇혀 있던 쿰쿰한 냄새가 나현의 코끝을 스쳤다.

'…… 미안해, 할머니.'

조용히 눈을 감고 잠든 할머니의 모습은 예전과 다를 게 없었다. 오히려 너무 평화로워 보여서 그게 더 슬프게 느껴졌다. 사람은 왜 늙고 병드는 걸까. 결코 답을 얻을 수 없는 원초적인 질문을 붙잡고 늘어지다 또 다른 질문에 가로막혔다. 할머니는 괜찮을까.

여러 번 같은 일을 반복시키고, 제멋대로 행동하고, 온탕과 냉탕을 오가며 사람을 지치게 만드는 할머니를 탓하고 원망하느라 정작 자신에게 벌어지는 온갖 이상한 일들을 겪으며 느꼈을 할머니의 심정 같은 건 헤아려볼 생각조차 하지 않았다. 머리로는 할머니가 아파서 그런 거야, 하며 이해하는 척하다가도 사실 진심은 그러지 못했던 건 아닐까. 그날 밤 나현은 딱딱한 바닥에 누워 할머니의 곁에서 새우잠을 청했다.

"이거 봐라, 할머니? 아스팔트 사이에 꽃이 폈어."
"그러게. 용케도 거기서 살아남았네."
"꽃 참 예쁘다. 꺾어서 집에 가지고 갈까?"
"아서라. 척박한 데서 살아남은 데엔 제 나름의 이유가 있겠지. 하필이면 거기 피어서 더 예뻐 보이는 게야."

봄은 청량한 바람이 부는 계절. 라이더인 나현에겐 더없이 좋은 날이었다. 헬멧을 써도 답답하지 않고, 춥지도 덥지도 않은 공기의 질감이 피부를 부드럽게 덮어주는 계절이기도 했다. 이런 날 한적한 도로를 찾아 라이딩을 떠나지 않는 건 죄악에 가까운 일이었지만, 나현은 지금 할머니의 손을 잡고 동네를 걷고 있었다.

할머니와 함께하는 나들이는 정말 오랜만이었다. 변이에 변이를 더해가며 포켓몬처럼 코로나가 진화하는 사이 나현이 몸담고 있는 배달 업계도 격변의 시기를 맞았고, 할머니의 치매 증상도 수시로 변화해 도저히 외출을 시도할 상황이 아니었다. 하지만 오늘만큼은 할머니에게 예전 같은 일상을 찾아주고 싶었다. 전염병이 위험하다는 이유로, 먹고사는 일이 바쁘다는 이유로 외면해온 할머니의 시간엔 그저 삭막한 병원을 오가는 일이 전부였다는 사실을 불현듯 떠올렸다.

할머니의 컨디션은 다행히 괜찮았다. 어딘가 근사한 곳으로 산책 가자는 말에 아이처럼 웃으며 아끼는 모자까지 꺼내 쓸 정도였다. 나현은 만족스러웠다. 자신이 할머니보다 키가 작았던 어린 시절로 돌아간 기분에 마음이 들떴다.

"어? 여기 못 보던 카페가 생겼네?"

"카페? 커피 마시는 데?"

"응, 프랜차이즈는 아닌 거 같고, 개인 카페인가 봐. 들어가 볼까?"

할머니는 앞서 나가 노란 테두리로 둘러싸인 카페 문을 여는 것으로 대답을 대신했다. 나현은 할머니의 뒤를 따라 카페 안으로 들어섰다. 번화가에 있는 다른 카페들처럼 왁자지껄한 사람들의 대화 소리나 요새 유행하는 노래가 흐르지 않는 이 카페에는 적당한 크기의 소음이 복닥거렸다. 나현은 할머니와 함께 단정히 정돈된 카운터 앞에 섰다.

안녕하세요. 저는 이 카페의 직원 예빈입니다.

저는 농아인으로 수어와 필담을 이용해 대화를 나눌 수 있습니다.

주문을 원하시는 음료 이름을 메모지에 적어주시면, 천천히 준비해 자리로 가져다드리겠습니다. 감사합니다 :)

스탠드 아크릴로 장식된 메뉴판 옆에 손글씨로 정성껏 써 내린 카페 안내문이 있었다. 나현은 안내문을 포함한 카페 구석구석을 눈에 담았다. 몇 권의 책들이 꽂혀 있는 장식장과 각양각색의 의자, 그리고 테이블. 카운터와 조금 떨어진 곳에서 어떤 손님과 대화를 나누고 있는 할머니 연배의 직원까지. 이곳 별다방은 모든 것이 독특했다. 죽율동 일대의 배달을 꽉 잡고 있는 나현이 카페의 존재를 이제야 알게 된 것도 그랬다. 개인 카페가 배달 대행 서비스를 이용하지 않는 건 더러 있는 일이긴 했지만. 아무튼 다른 세계에 열린 공간처럼 평범하지 않다는 것만은 확실했다.

"할머니, 마실 거 뭘로 시켜줄까?"

"나는 맥심이 좋아."

"맥심? 무슨 맥심?"

"연아가 마시는 거, 뜨겁게."

"아, 그 맥심……. 여기는 그런 거 안 팔 텐데. 잠깐만, 내가 물어볼게."

그냥 단 커피도 아니고, 콕 집어 연아가 마시는 맥심이라니. 나현은 도움을 청하기 위해 손을 번쩍 들었다. 가까운 곳에서 식기를 정리하던 예빈이 카운터로 다가와 '무엇을 도와드릴까요?' 라고 적힌 수첩을 펼쳐 보였다. 나현은 무의식 중에 "여기 혹시 믹스커피는 안 파시겠죠?"라고 물었으나, 이내 자신의 실수를 깨닫고 메모지에 질문을 적었다.

— 믹스커피는 없지만, 옛날 커피라고 비슷한 맛이 나는 커피가 있어요. 원하시면 디카페인으로 원두를 바꿔드릴 수도 있고요.

예빈은 그림을 그리는 것처럼 유려한 손동작으로 답신을 적어주었다. 디카페인 옛날 커피라. 상당히 괜찮은 제안 같았다. 나현은 '그럼 따뜻한 걸로 한 잔, 차가운 걸로 한 잔.'을 부탁드린다며 주문을 마치고 할머니와 창가에 앉았다. 창가라기보단 한쪽 면이 전부 통유리로 된 자리였다. 자리 위로 연노란 햇빛이 쏟아졌다. 오랜만에 즐기는 광합성과 고소하게 번지는 커피 향에 신이 난 할머니가 발을 동동 굴렀다.

커피를 기다리는 동안 나현은 잠시 머물렀던 곳으로 시선을 돌렸다. 카키색 앞치마와 잘 어울리는 미소. 호의를 기반으로 손님들과 주고받는 대화. 그늘진 곳 없이 건강해 보이는 할머니.

할머니.

벌써 수년이 지난 일이지만, 나현의 할머니도 저렇게 건강한 미소를 짓던 때가 있었다. 호프를 함께 운영하는 나현이네 통닭엔 밤마다 손님들이 바글거렸다. 한 테이블 건너 한 테이블이 서로의 얼굴을 알고 지낼 정도로 가게를 자주 드나드는 단골들이었다. 할머니는 주방에서 밀려드는 주문을 바쁘게 쳐내면서도 종종 홀에 나와 손님들의 말벗이 되어주곤 했다. 손님들은 할머니를 좋아했다. 할머니는 대화를 주도하는 일에 능숙한 사람이었다. 할머니의 호탕한 웃음소리는 전염력이 높아서 우울에 빠진 사람도 금세 건져내는 재주가 있었다.

할머니는 평생을 재밌게 살던 분이었다. 나현이 어렸을 땐 매일 등산 가방에 페트병 두 개를 챙겨 약수를 떠 오곤 했다. 젊은 시절엔 배드민턴을 즐겨할 만큼 운동신경이 좋았다고도 한다. 그래서인지 하나뿐인 손녀의 운동회 영상엔 엄마보다 할머니의 얼굴이 더 많이 찍혀 있을 정도였다. 할머니가 운동회에 나가 상품으로 타온 공책 덕분에 나현은 중학교 졸업 날까지 공책 걱정이 없었다.

그런 할머니가 지금은 뒷걸음질로 시간을 걸어가고 있었다. 할머니는 늙어가는 것이 싫은지 해가 갈수록 자꾸만 어려졌다. 그 행위가 할머니를 행복하게 한다면, 이따금 할머니가 부리는 억지도, 이불에 그리는 지도도, 자신의 마음이 조금 더 불편하고 몸이 고되더라도 다 이해하고 넘어갈 수 있을 것 같은데. 할머니의 진심을 알 길이 없어 하루하루 속이 답답했다.

—주문하신 커피 나왔습니다. 맛있게 드세요.

"감사합니다."

"고마워요, 아가씨."

달그락. 커피잔이 놓였다. 빈 쟁반을 팔꿈치 사이로 끼운 예빈이 또박또박 글씨를 써 보여주었다. 할머니는 예빈을 향해 엄지를 척 들어 올려 보였다. 예빈과 나현의 얼굴에서 동시에 웃음이 터졌다.

"아유, 이거 맛있다."

"그래? 연아가 마시는 것보다 더 맛있어?"

"그러게. 그거보다 더 달고, 저기 하네."

"저기 하다고? 저기 한 게 뭐람? 일단, 달다고 다 맛있는 게 아니야, 할머니. 맛을 객관적으로…… 어? 진짜네. 이거 엄청 맛있다!"

"어째 맨 속고만 살았어? 할미가 맛있다고 했잖어."

빨대로 쭉 한 모금을 빨아올리자 물컹한 액체가 볼 안쪽을 쓸어내리고 목구멍으로 넘어갔다. 꿀꺽 삼키고 나서 생각해보니 할머니가 말한 '저기 하다'의 '저기'가 무슨 뜻인지 알 것 같았다.

부드럽다. 하나둘 자취를 감춰가는 할머니의 사전 속 단어 중 하나일 터였다. 예빈이 가져다준 커피는 진하고, 달콤하며 부드러웠다. 나현은 차가움에 머리가 띵한 것도 모른 채 단숨에 커피를 절반 정도 비워버렸다.

"물에 체하면 약도 없어."

"이건 물 아니니까 괜찮아."

"할미 말 허투루 들으면 탈 나."

"그럼 또 순임 씨가 할미 손은 약손 그거 해주면 되지."

"지미, 네 나이가 몇인데 징그럽게 어리광이여."

"아이고, 할머니. 지미가 뭐야, 지미가. 예쁜 말만 써야지."

나현이 테이블 위를 똑똑 두드리며 약을 올리자 할머니의 세모난 눈이 창밖을 향했다. 나현은 할머니가 구시렁거리는 소리를 벗 삼아 깍지 낀 손을 뒤통수에 가져다 댔다. 매일이 오늘과 같다면 얼마나 좋을까. 세월의 흔적이 고스란히 녹아든 할머니의 얇은 목덜미를 보며 나현은 생각했다. 내일도 오늘처럼 할머니가 당신 자신을 잊지 않고, 모레도 오늘처럼 할머니의 머릿속이 평온하다면 더 바랄 것이 없겠다고.

"안녕하세요, 선생님."

"어, 나현이 왔구나?"

"네, 요즘 별다방에 손님이 부쩍 많아졌네요? 저, 선생님이랑 여기서 커피 같이 마시면 안 돼요? 별다방엔 지금 앉을 자리도 없어요."

"안 되긴 왜 안 돼. 이리로 와 앉아. 그거 뭐, 잘됐다고 해야할지, 어쨌다고 해야 할지. 이래저래 복잡한 사연이 좀 있는데……. 아휴, 그나저나 너 안 추워? 한겨울에 아이스커피를 다 마시고."

"장갑 껴서 괜찮아요. 근데 무슨 복잡한 사연이 있어요?"

오후 2시는 명숙이 지정한 혼자만의 티타임이었다. 여기서 '혼자'란 남편을 곁에 두지 않는다는 것을 의미했다. 흘러간 옛 유행가마냥 처음에 사랑할 때 그이는 하늘의 별도 달도 따주마, 미더운 약속을 하던 남자였다. 그런데 어찌 된 게 늙으면서 나이를 거꾸로 먹은 건지, 이제는 아기처럼 명숙의 뒤만 졸졸 따라다니며 이거 해달라, 저거 해달라, 졸라대는 못난 막내아들이 되어버렸다.

그래도 명숙이 학교를 퇴직한 직후에는 손바닥만 한 슈퍼에 갇혀 그동안 혼자 얼마나 외롭고 쓸쓸했을까 싶어 좋은 말로 타일렀다. 어차피 앞으로 남은 인생 평생을 둘만 비비적대며 살 텐데, 저도 곧 지겨워지겠지 싶어서. 하지만 과학 선생님이었던 명숙이 일평생 믿어온 여러 공식처럼 사람의 마음은 그리 간단하게 계산되는 것이 아니었다. 남편의 징글맞은

질척거림은 아직도 현재 진행 중이었다.

그러니 이렇게라도 선을 그어 남편과 떨어져 있는 시간을 마련해야 했다. 명숙은 자신의 공간과 시간, 루틴을 중요하게 여기는 사람이었다. 예민한 감수성을 가진 남편이 서운함을 토로해도 어쩔 수 없었다. 명숙은 원형 슈퍼 옆자리로 별다방이라는 카페가 들어설 거라는 정보를 입수하자마자 남편에게 최초이자 최후의 선포를 날렸다.

"오후 2시부터 3시까지는 나를 건드리지 말아요."

남편은 불퉁한 입술을 비죽이며 볼멘소리를 해댔지만, 천금 같은 티타임에 끼어들 수 있는 사람은 오직 세 사람뿐이었다. 달순과 예빈, 그리고 이제 막 평상에 자리를 잡고 앉은 홍나현이.

나현은 중학생 시절 명숙의 제자였다. 나현이 3학년 때는 담임을 맡기도 해서 제법 가까운 사이기도 했다. 명숙은 그때 나현에게 들이닥친 불행을 알고 있었다. 전교 1등의 의사 아빠와 나현의 엄마가 그렇고 그런 관계라는 소문은 금이 간 천장에 스멀스멀 새는 비처럼 어떻게 손써볼 새도 없이 학교에 퍼져 곰팡이를 피웠다. 명숙은 타고나길 건강한 성격으로 자신의 자리에 우뚝 서 모진 비바람을 견뎌내는 나현을 향해 단 한 번도 괜찮냐는 말을 꺼내지 않았다. 괜찮지 않은 상황에서 건네는 괜찮냐는 물음은 나현으로 하여금 괜찮다는 거짓말을 아프게 짜내는 일과 다를 것이 없었다.

대신 명숙은 나현의 삶에 매일 200원을 보탰다. 어린 녀석이 무슨 커피 맛을 그렇게 일찍 깨우쳤는지, 나현은 점심시간마다 자판기 앞을 찾았다. 두 사람은 방앗간에 몰려든 참새처럼 매일 자판기 커피를 함께 마시며 별 시답잖은 대화를 떠들어댔다.

꼬박 한 학기 동안 이어진 그 시간이 나현에겐 어떤 기억으로 남았을지는 모르지만, 명숙에겐 두 스푼만큼의 쓴맛과 두 스푼만큼의 달큰함과 두 스푼만큼의 부드러움으로 남아 나현과 즐기는 티타임은 언제든 환영이었다.

"선생님?"

"어, 그래. 방금 뭐라고 했지?"

"별다방이요. 거기에 무슨 복잡한 사연이 있느냐고요."

잠깐 다른 생각에 빠진 사이, 나현의 질문을 잊어버렸다. 명숙은 알사탕처럼 동그란 나현의 눈을 바라보며 말했다.

"이걸 어디서부터 설명을 해야 하나······. 요는 별다방이 일종의 고민 상담소가 되었다는 건데."

"고민 상담소요?"

"그, 저기, 달순 님이 경증 치매가 있으시거든. 그래서 사람이나, 사람들이 했던 말이나, 주문 같은 걸 가끔 잊어버려서. 근데 고민이란 게 뭐야. 털어놓을 사람이 필요하긴 해도, 어디 바깥으로는 알려지지 않았으면 하는 거잖아. 그런 바람이 별다방에 모여들고 있는 거지."

"할머니가 경증 치매환자시라고요? 언제부터요?"

"정확히는 나도 잘 모르지만, 아마 별다방 오픈하기 전에 이미 진단을 받으셨을 거야."

나현은 놀라서 크게 뜨인 눈을 깜빡였다. 별다방 바리스타 할머니가 우리 할머니처럼 치매를 앓고 계셨다고? 배달하는 중간중간 그렇게 커피를 마시러 다니면서도 전혀 눈치채지 못했는데? 이상한 일이었다. 한편으로는 묘하게 마음을 들쑤시는 무언가가 있었다. 나현은 씁쓸해진 입안으로 옛날 커피를 밀어 넣었다.

"근데 왜 선생님은 잘된 일이 아니라고 생각하세요?"

"글쎄⋯⋯. 이게 참 양가감정이 들어. 별다방에 손님이 많아지고, 장사가 잘되는 건 분명 좋은 일인데. 세상엔 타인의 상처를 무슨 구경거리로 여기는 사람도 있으니까."

상대를 아끼는 마음이 가득 담긴 답변이었다. 곱씹어 생각할수록 틀리지 않은 답변이기도 했다. 수용과 이해는 어렵지만, 혐오는 쉽다. 사람들은 불편과 피해를 견디지 못한다. 지금은 어떨지 몰라도 할머니가 범하는 실수의 농도가 짙어지고, 횟수가 빈번해져 강 건너 불구경이 자신에게까지 영향을 미친다면 예정된 순서처럼 사람들의 태도는 돌변할 게 뻔했다.

나현은 노란색 빨대를 앞니에 물고 턱을 움직였다. 하고 싶은 말이 납작하게 일그러진 빨대 사이로 오르내렸다. 이 순간 자신을 지배하고 있는 감정이 정확히 어떤 것인지 알 수 없었다. 같은 병을 앓는 우리 할머니보다 더 나은 삶을 살고 있는 별다방 할머니에 대한 질투인지. 할머니가 걸어온 길을 그대로 반복할 별다방 할머니에 대한 우려이자, 그에 따른 슬픔인지. 하나 확실한 건 어떤 쪽으로든 결코 마음이 가볍지 않다는 사실이었다.

"할머니는…… 괜찮으시대요?"

터무니없을 만큼 함축적이고 광범위한 질문이었다. 나현의 가정사를 아는 명숙의 시선이 시무룩하게 가라앉은 얼굴을 무심한 듯 꼼꼼하게 훑어 내렸다. 명숙은 따뜻한 커피로 알맞게 달아오른 손을 겨울바람에 훤히 드러난 나현의 목덜미로 가져갔다.

"응, 괜찮으시대."

"……."

"어쩌면 우리가 생각하는 것보다 훨씬 행복하실지도 몰라."

나현은 명숙이 나누어준 온기로 덥힌 고개를 끄덕였다. 사람들과 대화를 나누며 웃는 별다방 할머니의 모습이 머릿속에 떠오르자 어둑했던 감정에 불이 켜지는 것 같았다. 이건 질투도, 우려도, 슬픔도 아니었다. 그 어느 날 처음 별다방을 방문했을 때 할머니를 바라보면서 생각했던, 행복을 바라는 마음이었다.

"아빠, 꼭 이렇게까지 해야 해?"

부당하고 불편한 기색을 숨기지 않은 나현의 목소리가 아빠의 전동드릴 소리에 묻혔다. 나현은 자신을 투명 인간 취급하며 하던 일에 몰두하는 아빠의 주위를 부산스럽게 맴돌며, 소리쳤다.

"아, 아빠! 내 말 들려? 꼭 이렇게까지 해야 하는 거냐고!"

신경질적인 말투와 함께 쾅 하며 철문 위로 내리꽂은 주먹질에도 아빠는 여전히 묵묵부답. 결국 제풀에 지친 나현이 털썩 계단참에 주저앉았다. 저놈의 드릴 소리. 나현은 손가락으로 귓구멍을 틀어막고 고집스레 입을 다물고 있는 아빠의 옆모습을 불만스럽게 쳐다보았다.

오늘은 유달리 배달이 많은 날이었다. 밥때를 놓쳤다는 걸 자각했을 땐 이미 해가 반쯤 기울어진 오후였다. 나현은 서둘러 액셀을 당겼다. 바쁘게 다닐 땐 배가 고픈 줄도 몰랐는데, 아침도 먹지 못한 빈속임을 인지하자 미친 듯이 허기가 몰려들었다.

구불구불한 커브 길을 통과해 끝도 없이 늘어진 어린이보호구역을 지나고, 집까지 최단 거리로 이어지는 가파른 언덕에 진입하자 우아아앙 삐약이가 비명을 지르기 시작했다. 삐약이는 나현의 스쿠터 이름이었다.

거짓말 조금 보태서 직각에 가까운 경사면은 나현의 몸을 한껏 뒤로 기울게 했다. 나현은 액셀과 브레이크를 붙잡은 팔에 힘을 꽉 주고 버텼다. 이 중력만 거스르면 목표하던 집이 코앞이었다. 물론 안전하게 돌아가는 길도 있었지만, 눈이 오는 겨울도 아닌 봄에 사방으로 진동하는 꽃향기를 맡으며 배고픔을 참아낼 인내심이 나현에겐 없었다. 나현은 자꾸만 나약하게 왼쪽으로 기울어지는 삐약이의 속도계 바늘을 지그시 바라보다가 힘차게 액셀을 더 당겼다.

"자, 가자, 가자, 삐약아!"

50cc도 아닌 125cc의 스쿠터에게 엄살은 사치였다. 나현의 보물 1호는 나현이 바라는 대로 용맹하게 언덕길을 올랐다.

그렇게 도착한 집에서 김치찌개에 밥 한 그릇을 뚝딱 해치우고 나니 이 사달이 난 거였다. 할머니가 조용히 잠든 틈을 타 방문을 닫고 커다란 거실 텔레비전으로 게임이나 좀 하다가 다시 나가려던 것이 우악스러운 굉음에 방해를 받았다. 나현은 신발도 신지 않은 발로 냅다 달려나가 "아빠 뭐 해!" 하고 소리를 질렀다. 구부정하게 허리를 숙이고 드릴질을 하던 아빠의 발치로 검정 비닐봉지 하나가 굴러다녔다. 뒤져보니 그 속엔 쇠로 만든 걸고리와 주먹만 한 자물쇠가 들어 있었다.

"오늘부터 현관에 자물쇠 달 거야. 열쇠 줄 테니까 잃어버리지 말고 잘 갖고 다녀."

"현관에 자물쇠가 안쪽도 아니고, 바깥쪽에 왜 필요한데?"

거기까지 물었을 때 나현은 누군가에게 망치로 힘껏 얻어맞은 것처럼 눈앞이 핑 도는 것을 느꼈다. 구태여 이유를 듣지 않아도 아빠가 사 온 물건들의 쓰임을 짐작했기 때문이었다. 아니나 다를까, 아빠는 침묵으로 그 답을 대신했다. 나현은 하얀 양말을 신은 발바닥이 새까매지도록 현관 주변을 서성였다. 아빠는 파도처럼 들썩이던 나현의 감정이 제풀에 지쳐 쓰러질 때까지 입을 열지 않았다.

"너 없을 때"

"……"

"할머니가 혼자 집을 나가셨어. 아빠가 잠깐 슈퍼에 다녀온 그 짧은 사이에."

뇌 속까지 파고드는 드릴질이 마침내 멈췄을 때 아빠는 눅눅하게 젖어 지친 목소리로 말했다. 마당으로 이어지는 계단에 나란히 엉덩이를 붙이고 앉은 아빠를 바라보니 그제야 떼꾼하게 파인 눈두덩이가 시야에 걸렸다. 나현은 무릎 위로 팔꿈치를 괴고 지끈거리는 머리를 감쌌다.

"문자 못 봤어?"

"무슨 문자?"

"안전 안내 문자. 실종된 사람 찾을 때 가는 거."

"그런 거 오면 당연히 그냥 꺼버리…… 경찰에 신고까지 할 정도였어? 근데 나한텐 왜 연락 안 했어?"

"오토바이 타고 다니는 놈 사고 나라고 전화해?"

"아니, 암만 그래도!"

"다행히 금방 찾았어."

아빠가 성마르게 푸석한 얼굴을 손으로 쓸어내렸다. 나현은 무언가 더 말하려 했지만, 말하는 방법을 알지 못하는 사람처럼 어색하게 턱관절만 움직일 뿐이었다.

"예전에 너 어릴 때 동네에서 널 잃어버린 적이 있었어. 너 세 살 땐가, 그랬는데."

"……."
"너…… 부모 손 벗어난 아이들의 가장 무서운 점이 뭔지 알아?"
"…… 몰라."
"걔들은 목적지가 없어. 그냥 발 닿는 대로 움직이는 거야. 저벅저벅 앞으로 걷다가 한쪽 발이 어느 방향으로 틀어지면, 아무 생각 없이 그쪽으로 가. 마구잡이로 걷는 거. 그게 걔들 목표거든."
"……."
"할머니도 똑같아. 어쩌다 한두 번은 어딘가 가고 싶으신 곳이 있을 수도 있겠지. 하지만 대부분 그렇지 않을 거야. 게다가 할머니는 혼자 다녀도 전혀 이상하지 않은 어른이니까, 운이 나쁘면 버스 같은 걸 잡아타실 수도 있고. 그러다 진짜 멀리……."

뒷말은 아빠의 혀끝에서 사라져 나현의 가슴속으로 삼켜졌다. 혼자 있는 시간 동안 어찌나 애를 태웠는지 아빠가 토해내는 숨마다 매캐한 냄새가 묻어나 코가 다 아릴 지경이었다. 나현은 아무 말 없이 아빠에게 손을 내밀었다.

"줘, 열쇠."

돌돌 말린 고리에서 열쇠를 빼낸 아빠가 나현의 손바닥 위로 툭 올려주었다. 나현이 지금껏 가져본 열쇠 중 가장 무거운 열쇠였다.

나현은 그 열쇠를 병아리 모양 인형이 달린 키링에 걸었다. 삐약이의 시동을 걸 수 있는 가장 소중한 열쇠의 바로 옆자리였다. 어떤 일은 받아들이기 힘들어도 받아들여야 편해지는 일이 있다. 엄마의 가출이 그랬고, 우편으로 띡하고 날아온 협의이혼 서류가 그랬고, 다른 사람도 아닌 같은 반 친구의 아빠와 결혼한다는 엄마의 재혼 소식이 그랬다.

사실 그땐 이렇게 힘들지 않았다. 그냥 결국 일이 그렇게 되었구나, 하고 가볍게 넘길 수 있었다. 하지만 할머니가 아픈 건 근 10년이 가까워지는 세월에도 도무지 익숙해지질 않았다.

나현은 마당에 세워놓은 스쿠터 안장에 앉아 한참 동안 걸고리가 박힌 문을 쳐다보았다. 그러다 문득 아빠가 했던 말이 떠올라 서둘러 휴대폰 메시지함을 열었다.

[시흥시에서 배회 중인 최순임 씨(여, 82세)를 찾습니다. 154cm, 갈색 티, 검정 긴바지, 슬리퍼]

무심코 지나쳤던 글자들 사이에 새겨진 익숙한 이름이 방울진 채 각막에 맺혔다. 고딕체로 반듯했던 글씨가 일렁이고 얼룩지다 필기체처럼 흐려졌다. 잠시 방심한 채 넋을 놓자 휴대폰 액정 위로 눈물이 툭 떨어졌다. 호흡이 불규칙해지고 맥박이 빠르게 뛰었다. 나현은 입을 벌려 크게 숨을 쉬었다. 들이마시고 내뱉는 모든 숨결에서 다시 찾아온 봄이 느껴졌다.

날씨가 좋았다. 지난봄 순임 씨와 함께하던 데이트가 생각났다. 예쁜 모자를 쓰고 맛있는 커피를 마시며 한껏 들떠 있던 우리 순임 씨. 아빠는 오전 내 있었던 일 때문에 할머니가 진정제를 먹고 지쳐 잠드셨다 말했다. 아이처럼 두 눈을 꼭 감고 곧 죽어도 포기하지 못하겠다던 꽃무늬 이불을 덮은 채 고단한 얼굴로 잠들었을 할머니를 상상하자 입이 말랐다.

나현은 추를 매단 듯 무거워진 열쇠 꾸러미를 삐약이에 꽂고 시동을 걸었다. 할머니의 단잠을 방해하지 않을 만큼 먼 길을 돌아 할머니가 가장 좋아하는 커피를 사 들고, 누구보다 빠르게 할머니의 품으로 돌아오는 여행을 떠날 참이었다.

─디카페인 옛날 커피 차가운 거 한 잔, 따뜻한 거 두 잔. 캐리어에 담아 가지고 갈게요.

이제는 제법 손에 익은 필담으로 예빈에게 주문을 마친 나현이 창가 자리에 앉았다. 통유리로 들이치는 햇살의 온도가 그날의 것과 퍽 닮아 있었다. 오후 3시가 조금 지난 시각. 비어 있는 원형 슈퍼 앞 평상이 눈에 띄었다. 시간을 칼같이 지키는 선생님의 티타임이 끝난 모양이었다.

치익. 끼이익. 평화로운 정적을 깬 초록색 마을버스가 정류장에 섰다. 버스에서 뛰어내린 한 무더기의 학생들이 별다방으로 들이쳤다.

"야, 너희 뭐 마실래?"

"난 아샷추."

"난 아이스 바닐라라테."

"난 아아. 근데 진짜 네가 사는 거야?"

"그렇다니까. 오늘 아침에 엄마가 용돈 주셨어."

"대박. 야, 나 그럼 아아 말고 아이스모카 사 줘. 비싼 거 마셔야지."

와글거리는 아이들의 모습이 얕은 개울물에 자지러지는 돌멩이들 같았다. 나현은 피식 웃으며 주위를 둘러보았다. 듬성듬성 자리를 채우고 저마다 할 일에 몰두한 사람들의 시선이 한두 번쯤 아이들의 뒷모습을 쓰다듬고 제자리를 찾았다.

무리 중 당당하게 지갑을 꺼내 든 아이가 능숙하게 펜을 잡아 들었다. 여러 개의 주문을 받아 적는 손길이 야무졌다. 주문을 마친 아이들은 우르르 몰려 들어왔던 것처럼 또다시 우르르 나현의 뒤에 앉았다. 바 테이블 너머에서 주문을 확인한 예빈의 움직임이 부산해졌다.

그러고 보니 오늘은 별다방의 고민석이 비어 있다. 바리스타 할머니도 어딜 가신 건지 보이지 않았다. 혹시 무슨 일이라도 생기신 걸까? 어디가 아프신 걸까? 설마 우리 할머니처럼? 아니, 그런 일이 벌어지고 있다기엔 예빈의 표정이 너무 침착했다. 분주히 에스프레소를 내리는 기계에서도 평소와 다를 것 없는 소음이 들려왔다. 나현은 소리 없이 번잡스러운 눈으로 주위를 살폈다. 그때 닫혀 있던 화장실 문이 열리며 달순이 모습을 드러냈다.

"하아……."

솥뚜껑 보고 놀란 가슴. 아니, 아니지. 자라 보고 놀란 가슴 솥뚜껑 보고 또 놀랄 뻔했다. 급격하게 두근거리는 심장에 정수리까지 열이 올랐다. 나현은 아무 일도 없어 다행이라며 스스로를 다독였다.

"주문하신 음료 나왔습니다."

나현이 앉은 테이블 위로 캐리어에 담긴 음료 세 잔이 올려졌다. 나현은 자신을 바라보는 온화한 미소에 입꼬리를 올려 웃어 보이고 감사합니다, 하며 캐리어 손잡이로 손을 뻗었다.

그 순간 달순의 눈빛이 날카롭게 변하며 나현의 손목을 붙잡았다.

"아니, 어쩌다가 이렇게 다쳤어. 아휴, 손이 파랗게 질렸네."

할머니와 똑같은 위치로 시선을 맞추자 퉁퉁 부어오른 손등이 시야에 들어왔다. 몇 시간 전 드릴질을 하는 아빠에게 성을 부리다 생긴 상처였다. 할머니의 손길이 닿은 피부로 온기가 번졌다. 탄력이 있어 단단함이 느껴지는 손이 아닌, 오래된 주름으로 버석한 손이었다.

"안 되겠다. 엄마랑 병원에 가자, 지현아."

다급한 움직임에 할머니의 앞치마가 펄럭였다. 순간 맥없이 끌려가려던 나현의 정신을 제자리로 돌려놓은 건 달그락거리며 얼음이 녹는 소리였다. 분명 '엄마랑 병원에 가자, 지현아.'라고 했다. 할머니는 지금 자신을 누구라고 착각하는 걸까. 겨우 진정시킨 심장이 갓 잡은 물고기처럼 펄떡였다.

타인의 입으로만 전해 듣던 말이 사실이었다. 별다방 할머니의 머릿속엔 깜빡, 까암빡 느리게 빛을 잃어가는 전구가 들어 있었다. 마치 나현의 할머니처럼.

이정표를 잃은 바리스타 할머니 얼굴 위로 집에서 곤히 자고 있을 할머니 얼굴이 겹쳐 보였다. 두려움이 엄습했다. 언젠가 저에게도 이런 날이 올까. 할머니가 '나현아' 하고 부르는 대신 다른 누군가의 이름을 부르고, 자신이 누구인지 할머니에게 얼마만큼 소중한 존재인지 까맣게 잊히게 되는 그런 날이.

코끝이 시큰했다. 커다란 두 눈에 눈물이 차올랐다. 나현은 소매 끝으로 대충 눈물을 닦아내고 달순을 향해 간절한 목소리로 말했다.

"저…… 괜찮아요. 우리 잠깐, 여기에 멈춰 있다가 갈까요?"

제발, 제발.

여기, 별다방 바리스타

예빈은 평범한 가정에서 자랐다. 어쩌면 조금은 부유한 가정에서 자랐다고 해야 맞을지도 모르겠다. 예빈의 할아버지는 고향에 작지만 나름대로 꽤 괜찮은 땅 몇 개를 가지고 있었고, 아빠는 도예가, 엄마는 외과의사였다.

예빈의 아빠는 삼대독자로 태어나 주변 친인척의 사랑을 듬뿍 받으며 어릴 적부터 꿈꾸던 예술가가 되었다. 할아버지가 유일하게 반대한 일이었다고 한다. 사내로 났으면 모름지기 처자식을 굶기지는 않아야 한다고. 하지만 할아버지를 쏙 빼닮은 아빠는 쇠심줄도 울고 갈 고집쟁이라 결국 집을 나와 당당히 자신의 꿈을 이루었다고, 영웅담처럼 말했다.

그 고집쟁이는 운이 좋게도 현명하고 현실감 넘치는 여자 친구를 얻었는데 그게 바로 예빈의 엄마였다. 엄마는 냉철한 자신과 달리 도자기처럼 유약한 아빠의 심성이 좋았단다. 손이 여물어 집안일을 잘하고 조신하게 내조를 잘할 것 같은 성격은 일종의 보너스 같은 거였다나.

아무튼 집을 뛰쳐나온 지 수년 만에 예비 신부를 데리고 고향으로 돌아간 아빠는 격노한 할아버지 손에 문전박대를 당했지만, 엄마는 아니었다. 예고도 없이 갑자기 들이닥친 터라 레드카펫까지는 못 깔았어도, 할아버지는 손수 끓인 닭백숙을 엄마에게 먹이며 당신 아들이 얼마나 못난 놈인지 일장 연설을 늘어놓고, 지금이라도 늦지 않았으니 도망치라 했다.

엄마는 그런 할아버지가 좋아 더욱 강력하게 결혼 승낙을 받아냈다. 그리고 몇 해 뒤 할아버지의 첫 손주인 예빈을 낳았다. 할아버지는 대가 끊길 위협에도 처음 안아보는 손녀딸의 곁을 떠날 줄 몰랐다. 덕분에 예빈은 삼대독자인 아빠보다도 더 많은 사랑을 받으며 자라났지만, 선천성 난청 진단으로 할아버지의 가슴을 무너뜨렸다.

다행히 할아버지에겐 돈이, 엄마에겐 인맥이, 아빠에겐 시간이 있었다. 세 사람은 지극한 정성으로 예빈의 병을 고치기 위해 매달렸다. 예빈은 운이 좋은 아이였다. 병을 발견한 시기도 늦지 않았고, 그에 맞는 적절한 치료와 보살핌을 받아 무음으로 가득한 세상에서 벗어났다. 할아버지는 마침내 예빈이 당신의 목소리에 고개를 돌려 반응했을 때 찔끔 눈물까지 보였다. 아빠는 태어나 처음 보는 할아버지의 우는 모습이 신기해서 몰래 사진까지 찍어놨다고 한다.

하지만 할아버지가 기뻐서 흘린 눈물이 마르기도 전에 불행이 닥쳐왔다. 완치된 줄 알았던 예빈의 청각이 다시 사라지게 된 것이었다. 예빈의 치료를 맡았던 의사도 이런 일은 드물다고 말했다.

"괜찮다. 어디 귀하고 입으로만 하는 게 말이더냐. 아픈 데 없으면 됐다."

할아버지는 주치의에게 크게 호통을 치고, 고향집으로 돌아와 오래도록 나무를 팬 뒤 서울행을 결정했다. 예빈보다 먼저 수어를 배우고 당신이 직접 예빈에게 세상을 가르쳐주겠다는 뜻이었다. 그렇게 예빈은 할아버지의 지극함을 양분 삼아 시야가 넓은 어른이 되었다. 할아버지는 돌아가시는 순간까지 예빈에게 가장 좋은 스승이자 둘도 없는 친구였다.

듣지 못하고 말하지 못하는 것에 방황하던 시절에도 예빈의 곁엔 할아버지가 있었다. 커피를 배워 바리스타가 되는 길은 예빈 스스로의 선택이었지만, 노인이나 아픈 사람을 위한 자원봉사자의 길을 선택한 건 할아버지의 영향이 지대했다.

할아버지는 간암과 투병하다 호스피스 병동에서 돌아가셨다. 병실엔 주로 예빈이 상주했다. 말기암 환자의 수발을 드는 일은 심신이 모두 피폐해지는 일이었다. 부모님은 입을 모아 간병인을 두자고 했지만, 예빈은 할아버지의 자존심을 지켜드리고 싶었다. 그게 예빈이 할 수 있는 마지막 도리였다.

호스피스에서 생활하는 동안 겪은 일은 죽음만이 아니었다. 삶은 죽음과 가장 가까운 곳에 있었다. 굳어가는 할아버지의 손과 발을 주물러주던 사람. 지친 보호자에게 뜨거운 커피와 차를 나눠주던 사람. 도저히 웃을 일이라고는 없는 삭막한 공간에서 작은 대화로 환기구를 만들어주던 사람. 그 사람들을 보며 예빈은 자신이 걷고 싶은 길을 어렴풋이 깨달았다.

權叡彬

안녕하세요. 제 이름은 권예빈입니다. 한자로는 밝을 예에 빛날 빈을 쓰는데, 그래서 우리가 함께할 이 공간의 이름을 '반짝반짝 커피교실'이라고 지어보았습니다. 앞으로 잘 부탁드립니다.

소리를 이용한 직접적인 대화를 나눌 수 없다는 핸디캡을 극복하고, 치료센터 프로그램의 책임자가 되기까지는 꽤 오랜 시간이 걸렸다. 어떤 곳에서는 예빈이 가진 장애를 비웃거나 조롱하며 수업을 엉망으로 만드는 환자들도 있었다. 예빈이 봉사를 다니는 센터 환자들은 대부분 몸이 아닌 마음에 병이 들어 감정을 쉽게 조절하지 못하는 경우가 많았다. 예빈은 끝까지 포기하지 않고 목표를 쟁취하는 쪽으로 나아갔다.

달순을 만난 건 예빈이 커피 교실의 선생님으로서 어느 정도 입지를 다졌을 때였다. 할아버지가 남겨준 유산으로 자신만의 카페를 차려볼 계획을 세울 무렵이기도 했다. 달순은 반에서 가장 말이 없고 소극적이며 자존감이 낮은 학생이었지만, 가장 많이 필기하고 커피를 좋아하며 궂은일도 마다하지 않는 학생이었다.

학급 반장을 지원받던 날 어깨높이로 조심스럽게 올린 달순의 손은 예빈을 퍽 설레게 했다. 어딘가에 멈춰 있던 달순의 시간이 비로소 다시 흐르기 시작한 느낌이었다. 예빈은 방과 후 달순과 함께 마시는 커피와 함께 나누는 대화가 즐거웠다. 아주 가끔씩은 입 모양으로만 읽혔던 달순의 목소리가 귓가에 들리는 것 같은 착각마저 일어날 정도였다. 달순의 목소리는 예빈의 머릿속에 상상으로 존재하던 엄마, 아빠 그리고 할아버지의 목소리를 모두 닮아 있었다.

"카페를 차리겠다고?"

―응.

"카페 좋지. 어디에?"

―죽율동에 봐둔 데가 있어.

"죽율동? 그게 어디야?"

―집에서 좀 멀어. 서울은 땅값이 너무 비싸.

"그래도 집에서 가까운 데가 좋지. 출퇴근이 너무 힘들지 않을까?"

―나 독립해서 카페 2층에 살 거야.

"독립? 뭐, 그것도 나쁘지 않지. 아무튼 잘해봐. 엄마랑 아빠는 무조건 응원할 테니까."

예빈은 할아버지와 아빠를 닮아 고집이 세고, 엄마를 닮아 계획적이며 남다른 추진력을 가지고 있었다. 카페를 차리겠다고 선언한 시점은 건물 매매는 물론 인테리어와 그 외 세부 사항까지 모두 결정을 내린 뒤였다. 예빈은 쉬는 날에도 의학 서적을 붙잡고 있는 엄마와 베란다에 놓인 화분을 애지중지 손질하고 있는 아빠에게 말했다.

―나, 우리 반 반장 할머니랑 같이 일할 거야. 그분이 거절하지 않으신다는 전제하에.

폭탄 같은 발언에 일순 사방이 고요해졌다. 엄마와 아빠의 시선이 허공에서 요란하게 부딪쳤다. 예빈은 팔을 흔들어 두 사람의 시선을 갈라놓고 '아, 시끄러워.' 하면서 가운데에 우뚝 섰다. 대사엔 언제나 그렇듯 엄마가 먼저 입을 열었다.

"치매센터에 계신 할머니랑 같이 일을 하겠다고?"

―응.

"그분 음주 문제도 있으시지 않아?"

―이제 괜찮으셔.

"글쎄, 엄마는 그게 옳은 결정인지 잘 모르겠다."

"아빠도. 기왕이면 네 또래 사람이랑 일하는 게 좋지."

"그래, 좀 더 평범한……."

아차.

또 한 번의 정적. 예빈은 삐딱하게 고개를 기울이고 오른쪽 눈썹을 들어 올렸다. 엄마도 실수를 인정하듯 두 손을 모았다.

"엄마가 미안. 실언했어. 근데 예빈아, 정말 쉽지 않을 거야. 어떤 상황이나 문제가 벌어져도 네가 온전히 책임질 준비가 되어 있어야 해. 그래도 괜찮겠어?"

걱정 가득한 엄마의 물음에 예빈은 확신에 찬 눈빛으로 답했다. 세상에 그분보다 더 좋은 파트너는 없을 거라고. 커피를 내릴 때 무언가 해답을 얻은 것처럼 반짝이는 얼굴이 예전의 자신과 같아 믿을 수 있다고. 우리는 평범하지 않기에 더 잘해 낼 거라고.

엄마는 그거면 됐다, 라는 말과 함께 고개를 끄덕이며 예빈의 어깨를 두드렸다.

예빈이 태어나던 밤, 군청색 하늘엔 탐스러운 노란색 달과 별이 빼곡히 반짝였다고 모두가 입을 모아 말했었다. 예빈은 별구경을 좋아하던 할아버지와의 소중한 추억을 담아 카페에 '별다방'이라는 이름을 지었다. 달순은 예빈만큼이나 그 이름을 마음에 들어 했다.

달순의 서명이 담긴 근로계약서를 받은 다음 날 예빈은 곧바로 매매계약을 마무리 지었다. 할아버지에게 물려받은 유산이 적은 돈은 아니었지만, 만일을 대비해 여유 자금을 남겨두려면 번화가를 벗어난 동네의 구옥을 사는 것이 최선이었다. 예빈은 그동안 꼼꼼하게 모아놓은 레퍼런스를 기반으로 이미 여러 번의 미팅을 마친 인테리어 업체에 공사를 문의했다. 예빈의 독립 계획을 전해 들은 달순은 완공 때까지 자신과 함께 지내면 어떻겠냐 물었다. 예빈은 기다렸다는 듯 짐을 싸 달순의 집으로 입성했다.

처음 들어갔을 때 달순의 집에선 방치된 공간 특유의 꿉꿉

함과 차가운 곰팡냄새가 났다. 하지만 하루이틀 열심히 쓸고 닦고 청국장과 김치찌개 같은 것들을 끓여 밥상을 차리자, 허락 없이 달순의 집을 점거하던 침입자들은 더 이상 버틸 수 없다는 듯 꽁지를 빼고 달아났다.

예빈은 마침내 포근한 공기로 가득 찬 달순의 따뜻한 보금자리에서 어린아이처럼 스케치북과 크레파스를 늘어놓고 간판에 들어갈 그림을 그렸다. 배를 깔고 엎드려 두 다리를 팔랑거리며 유치한 모양의 달과 별을 그리고 있으면 때마다 달순이 간식거리를 내주었다.

―그림은 제가 그렸으니까 달순 님이 글씨를 써주실래요?
"글씨요? 무슨 글씨?"
―여기에 '별다방'이라고 써주세요. 이걸로 카페 간판을 만들 거예요!

달순의 얇은 입술이 흥미롭다는 듯 동그랗게 오므라들었다. 예빈은 한 번도 쓰지 않아 여전히 반질반질한 검은색 크레파스를 달순에게 건넸다. 달순은 허공에 먼저 신중하게 획을 그어 연습했다. 별, 다, 방. 달순의 입술이 만들어내는 글자들을 보며 예빈은 빙그레 미소 지었다.

인테리어 공사가 끝날 때까지 달순과 지내는 날들에 지루함은 없었다. 해풍에 빛바랜 선장의 커다란 모자를 빌려 쓰고 새로운 모험을 떠나는 꼬마 해적처럼 매일 설레는 날들의 연속이었다. 예빈은 트렁크와 이어진 뒷좌석을 반으로 접어 짐칸을 만든 자신의 SUV를 타고 달순과 함께 황학동 주방 거리와 을지로 조명 가게를 누볐다. 조수석에 탄 달순은 매일 조금씩 예빈이 알려준 수어를 사용해 예빈의 운전이 너무 거칠다며 핀잔을 주었다. 그때마다 예빈은 하하하, 어깨를 들썩이며 웃었다. 그러면 달순은 못 말린다는 듯 고개를 젓고, 짐칸에 산처럼 쌓인 그릇과 커피잔들이 달순이 속으로 삼킨 말들을 달그락거리며 대신 토했다.

그렇게 시간은 빠르게 흘렀다. 아직 다 털어내지 못한 우울증과 언제 나빠질지 모르는 치매 증상에 대한 불안으로 달순이 긴 밤을 지새울 때면 예빈은 슬그머니 방을 빠져나가 간접등만 켜놓은 부엌에서 오래도록 보리차를 끓였다. 어둠이 깊어질수록 더 깊은 향을 내는 보리차는 온 집 안을 돌아다니며 두툼한 이불 속에 숨어 있는 달순까지 찾아내 축축한 위로를 전했다.

—일기를 써보시는 건 어때요?

—일기요? 글쎄. 나는 평생토록 글이란 걸 써본 적이 없는데…….

두 사람의 식탁에 한 김 식힌 보리차병이 놓이는 것이 당연해졌을 때쯤, 예빈의 권유로 달순은 일기를 쓰기 시작했다. 대단한 것을 남긴다기보다는 그날 있었던 일을 종이에 끄적이는 것이 전부였지만, 효과는 확실했다. 처음에는 마냥 어색했던 일이 어느 순간 익숙해지자 많은 것들이 달라졌다. 예빈은 이윽고 세상 밖으로 나설 준비가 된 달순과 별다방의 문을 힘껏 열었다.

"축하해요. 아휴, 별다방 오픈하는 거 기다리다 목이 빠지는 줄 알았네."

"고마워요, 명숙 씨. 커피는 뭘로 가져다줄까요?"

"따뜻한 카푸치노 한 잔이요. 나 정말 매일 올 거야, 매일."

별다방의 첫 주문은 이렇게 시작됐다. 별 볼 일 없던 구옥이 통유리로 된 개인 카페로 탈바꿈하자, 호기심 어린 사람들의 방문으로 카페가 북적였다. 다만, 시장조사를 거듭하며 예빈이 예상했던 것처럼 작은 동네의 개인 카페는 살아남기가 쉽지 않았다. 한 달 내내 비슷한 수준의 매출이 이어졌다. 별다방의 장밋빛 미래를 꿈꾸던 달순은 조급해했고, 예빈은 그와 달리 느긋하기만 했다. 어렵게 차린 별다방의 존폐를 걱정하지 않는 것은 아니었다. 다만 서두르고 싶지 않을 뿐이었다.

"어서 오세요."

그러던 어느 날, 운명처럼 그 일이 벌어졌다.

갑자기 쏟아지는 폭우에 더 미룰 것 없이 카페 문을 닫으려던 순간이었다. 술에 만취한 남자가 비를 잔뜩 맞은 채 별다방의 문을 열고 들어왔다. 알코올중독에서 어렵게 벗어난 달순을 알고 있는 예빈에겐 그리 달갑지 않은 손님이었다.

코를 톡 쏘는 알코올 냄새가 가게 안을 무섭게 집어삼켰다. 깁스까지 둘러 온전치 못한 다리로 휘청거리며 걷는 남자의 얼굴이 벌겋게 달아올라 있었다. 예빈은 우뚝 멈춰 선 달순의 뒷모습에서 머뭇거림을 감지했다. 오늘은 영업이 끝났으니 죄송하지만, 다음에 다시 방문해달라고 수첩에 적은 글을 보여줘야 할까. 소리 내어 말하는 권고도 아닌, 어린 여자가 내민 쪽지 하나에 행패를 부리지 않고 조용히 돌아설 취객이 몇이나 될까. 이러한 상황이 발생할 것을 대비해 보안업체를 부를 수 있는 비상벨을 카운터에 설치해두었지만, 과연 업체쪽 사람들이 도착할 때까지 달순과 제게 아무런 일도 일어나지 않을 수 있을까.

"편하신 곳에 앉으세요."

짧은 순간 소란한 걱정들이 머릿속을 스치는데, 이쪽으로 걸어오는 달순이 보였다. 남자는 의외로 얌전하게 달순의 뒤를 따라와 바 테이블에 자리를 잡고 앉았다.

"…… 따뜻한 아메리카노 한 잔 주세요."

그렇게 말하는 입 모양 역시 생각보다 주정뱅이 같지 않았다. 예빈은 단단한 결심을 내린 듯 그라인더를 작동하는 달순을 믿고 카운터를 벗어났다. 그날 두 사람은 아주 오래도록 예빈이 들을 수 없는 대화를 나누었다.

"저, 이거, 별건 아니지만 받아주세요."

"무슨……?"

"제가 정말 감사한 마음에 드리는 선물입니다. 덕분에 살았어요."

"죄송하지만 제가…… 기억이 나질 않아서요……."

남자가 다시 별다방을 찾은 건 무더운 여름이었다. 남자는 달순에게 고개 숙여 깊은 감사 인사를 전하며 과일 바구니를 내밀었다. 술기운 없이 밝은 얼굴로 돌아온 남자를 크게 반길 줄 알았던 달순은 처음 보는 사람처럼 남자를 어색하게 대했다. 곁에서 그 모습을 지켜보던 예빈의 눈이 가늘게 뜨였다. 불안한 듯 여러 번 눈을 깜빡이고 주저하며 한 걸음 뒤로 물러선 달순은 시시한 장난 따위를 치는 게 아니었다. 갈비뼈 아래가 서늘해졌다.

"어르신이 치매…… 라고요?"

―달순 님은 기억의 조각을 잃고 계세요.

남자와 밖으로 나온 예빈은 좌절한 남자를 이해시킬 만한 상황 설명을 해야 했다. 명숙이 아닌 다른 누군가에게 이 말을 전하게 될 줄은 몰랐는데, 다리에 힘이 풀린 듯 풀썩 주저앉는 남자를 따라 예빈의 가슴도 무너져 내렸다.

그리고 어떻게 된 일인지 그 후로 비슷한 일이 반복됐다. 발 없는 말이 천 리를 가듯 소문은 빠르게 퍼졌다. 누군가의 불행이 담긴 소문은 진공상태에서 초속 30만 킬로미터로 달리는 빛보다 그 속도가 무서울 만큼 빨랐다.

예빈은 누군가의 말을 따라 SNS 게시물을 확인했다. 세상 많은 일이 그렇듯 서로 다른 동전의 앞뒷면처럼 첨예하게 나뉜 의견이 돌고 돌았다. 선과 악. 응원과 조롱. 카페에 방문하는 손님들을 보며 어느 정도는 예상한 일이었지만, 익명을 등에 업은 이들의 손가락은 잘 벼려진 칼처럼 별다방을 도마에 올려놓고 난도질해댔다. 예빈은 쉬는 날 달순과 마주 앉은 식탁에서 우려의 말을 조심스레 꺼내놓았다. 달순은 그제야 모든 의문이 풀렸다는 듯 고개를 주억거리며 예빈을 쳐다보았다.

"나는 괜찮아요."

─그래도 달순 님이 불편하시면, 어떻게든 대책을 세워볼게요.

"내 머리가 깜빡깜빡하는 게 누군가에게 짐이 아니라 힘이 될 수 있어서 난 참 좋아요. 나 말고, 선생님한테나 가게에 힘한 짓 하는 사람이 없어야 할 텐데……."

예빈이 만든 토마토스파게티를 예빈이 알려준 방법대로 포크로 돌돌 말아 올리던 달순이 말끝을 흐렸다. 예빈은,

— 저도 괜찮아요.

라고 말하며 장난스레 눈썹을 까딱였다.

다행히 별다방에 큰 사고는 없었다. 예빈은 전과 달리 사람들 사이에 자연스럽게 스며드는 달순을 보며 자신의 선택이 틀리지 않았음을 알았다. 비록 날이 갈수록 달순이 잃어버리는 기억의 조각들이 많아졌지만, 예빈은 꾸준히 노력하면 거꾸로 흐르는 달순의 시간을 막을 수 있을 거라고 생각했다. 그것은 아주 잔인한 착각이었다.

"달순 님, 저 왔어요."

"아…… 저기, 어, 누구냐……."

"아이, 이 언니가 왜 이러실까. 장난치지 말아요. 나 놀라."

"어, 그래. 며, 명숙 씨!"

"으휴, 진짜. 내가 못 살아. 달순 님 어제 잠을 잘 못 잤어요? 많이 피곤하시구나? 우리는 이제 쉬는 것도 열심히 해야 하는 나이야. 잘 쉬어줘야 머리도 빠릿빠릿하게 돌아간다고."

어느 날 달순이 순간적으로 명숙의 이름을 잊었을 때. 아무렇지 않은 척, 아무 일도 아닌 척 주위를 돌렸던 명숙이 사실

은 말로 표현할 수 없는 충격에 빠졌던 것을 예빈은 잘 알고 있었다. 달순이 에스프레소를 내리던 사이 명숙이 찍어내던 눈물도. 언젠가는 자신도 달순의 기억에서 잊힐까 두려움에 떨던 제 모습도. 전부 어제 일처럼 선명했다.

'근데 예빈아. 정말 쉽지 않을 거야. 어떤 상황이나 문제가 벌어져도 네가 온전히 책임질 준비가 되어 있어야 해. 그래도 괜찮겠어?'

엄마가 말했던 책임엔 이러한 일도 포함되어 있었을까. 그동안 사람들이 몰고 왔던 태풍은 앞으로 벌어질 일에 비하면 아무것도 아니었던 걸까. 어떻게 해야 나는 그분을 잃지 않을 수 있을까. 어떻게 하면 우린…… 계속 괜찮을 수 있을까.

"달순 님 아직 연락 없어요?"

─네, 아직이요. 지구대에 신고하긴 했는데…….

"너무 걱정 말아요. 아무 일도 없을 거예요."

뜨거운 태양이 머리 꼭대기까지 솟아오른 시각. 조용하던 동네에 사이렌이 울렸다. 2시간 가까이 마음을 졸이다가 떨리는 손으로 112 버튼을 겨우 누른 예빈은 짙은 녹갈색 앞치마를 두른 채 별다방 앞을 서성이고 있었다.

두려움에 떨던 일이 벌어졌다. 그동안 예빈의 걱정이 무색하도록 예빈의 존재를 잊지 않고, 커피 내리는 방법을 기억하며, 매일 무사히 출근 도장을 찍어주던 달순이 사라졌다.

"안녕하십니까, 죽율 지구대 김지철 경사입니다. 신고하신 분이 권예빈 씨? 같이 일하는 직원분이 실종되셨다고요?"

"예, 그, 위치 추적이 되는 휴대폰도 집에 두고 가시고, 도저히 찾을 수가 없어요. 저희가 뭘 어떻게 해야 할지 방법도 모르겠고요."

"실종자분, 그러니까 이달순 씨에게 치매 증상이 있다고 들었는데, 맞습니까?"

치매. 지철의 입 모양을 읽은 예빈이 세차게 고개를 끄덕였다. 달순의 이름 옆으로 나란히 놓인 단어 하나에 가슴이 서늘해졌다. 자신의 장애와 달순의 치매. 평소엔 아무렇지 않던 것들이 왜 오늘따라 이렇게 억울하고 슬픈지 모를 일이었다.

"저, 잠시 전화 좀. 네, 여보세요. 네, 네, 어디시라고요?"

예빈의 앞에 선 명숙이 어디선가 걸려온 전화를 받았다. 그와 동시에 조금 떨어진 곳에 세워둔 순찰차에서 무전을 끝낸 순경이 모래바람을 흩뿌리며 달려와 지철의 곁에 섰다.

"선배님, 본부에서 무전이 왔는데 거모 지구대에,"

"거모 지구대요? 아! 네, 맞아요, 맞아! 그분이 여기 별다방 직원이에요!"

"지나가던 행인의 신고로 접수된 실종자 이름이,"

"성함은 이달순 씨고, 1952년생, 네, 네."

"이달순 씨라고 합니다."

서로 다른 두 개의 입이 같은 모양의 단어들을 쏟아냈다. 이번엔 네 사람의 시선이 동시에 맞물렸다.

"선생님."

딱딱한 나무로 된 지구대 벤치에 홀로 앉은 달순을 보자마자 왈칵 눈물이 터졌다. 선생님, 하고 자신을 부르는 얼굴이 평소와 같았다. 예빈은 달순을 끌어안고 엉엉 울었다. 달순은 경황이 없고 혼란한 상황 속에서도 다정하게 등을 쓸어내리며 예빈을 달래주었다.

―어떻게 된 거예요? 다치신 곳은 없어요? 어디, 어디 좀 봐봐요.

다그쳐선 안 된다는 걸 알았지만, 저를 알아보는 눈빛에 질문을 쏟아내지 않을 수 없었다. 둘러둘러 살펴본 달순의 상태는 생각보다 훨씬 괜찮았다. 어찌 된 일인지 사정을 들어보니, 출근하는 길에 버스를 잘못 탔고, 한참을 지나 낯선 동네에 발을 들이고 나서야 번뜩 정신이 났다고 한다.

주위를 둘러봐도 여기가 어딘지 도통 알 길이 없고. 휴대폰도 지갑도 없는 데다 예빈의 전화번호도 떠오르질 않아 지나가는 행인들에게 도움을 청해봤지만, 가던 길을 멈추고 말을 들어주는 사람이 없었다고. 달순은 겨우겨우 젊은 청년 하나를 붙잡아 112에 신고를 부탁했다. 그것이 달순이 할 수 있는 최선의 방법이었다.

눈물과 콧물로 범벅이 된 얼굴을 하고 달순의 집까지 순찰차를 타고 돌아온 예빈은 차가운 물로 얼굴을 벅벅 문질렀다. 언젠가 이런 일이 생긴다면, 달순이 놀라지 않게 초연한 모습으로 상황을 마주하겠다던 다짐이 무색했다. 이렇게 물러터진 심장을 가지고 무슨 책임을 어떻게 지겠다고.

예빈은 수건걸이에 걸린 수건 위로 젖은 얼굴을 묻으며 도리질을 쳤다. 독하게 마음먹지 않으면, 달순을 보자마자 또 엉엉 울게 될 것은 자명한 일이었다. 지금 위로가 필요한 사람은 자신이 아닌 달순이었다. 예빈은 수건에 묻어둔 얼굴을 떼고 심호흡을 내뱉었다. 무심코 떨어뜨린 시선에 노란색 자수로 '(경) 별다방 오픈 (축)'이라고 적힌 글자를 맞닥뜨리자 또다시 설움이 북받쳤다.

결국 화장실을 벗어나기까지 꽤 오랜 시간이 걸리고야 말았다. 예빈은 씩씩한 걸음으로 부엌에 앉아 있는 달순에게 다가갔다. 지구대 앞 편의점에서 사 온 쌍화탕을 데울 요량이었다. 하지만 그마저 달순에게 선수를 빼앗겼다. 식탁엔 쌉싸름하고 달콤한 향을 뿜어내며 모락모락 김이 피어오르는 머그잔 두 개가 놓여 있었다.

"이대로…… 괜찮을까요? 아무래도 내가 별다방을 그만두는 게……."

한참 동안 묵묵한 시간을 보내던 두 사람 사이로 미련과 망설임이 잔뜩 밴 목소리가 흘러나왔다. 예빈은 할아버지를 닮은 고집스러운 눈매로 아랫입술을 깨물고 고개를 저었다. 노력도 해보지 않고, 더 발버둥을 쳐보지도 않고, 겨우 한 번 벌어진 사건으로 달순을 놓아버릴 순 없었다.

─안 돼요. 저랑 계약서 쓰셨잖아요. 저랑 합의 없이는 절대 그만두실 수 없어요.

속사포처럼 빠르게 만들어내는 수어를 다 알아보진 못했지만, 달순은 알 수 있었다. 지금 예빈은 자신을 붙잡고 있고, 자신의 말도 결코 진심이 아니란 것을.

착잡하게 가라앉은 두 사람 사이로 한 번 더 정적이 스며들었다. 예빈은 같이 살 때 늘 그랬던 것처럼 안방으로 들어가 요와 이불을 펼쳤다.

─힘드시죠? 오늘은 일찍 자고, 내일 저랑 같이 출근해요.

따뜻하게 데운 쌍화탕을 마시고, 보리차와 저녁 약을 삼킨 달순의 손을 예빈이 그러쥐었다. 축축하고, 거칠고, 잘게 진 주름으로 보드라운 손이 조금 머뭇거리다 예빈의 손을 맞잡았다.

톡, 거실과 안방 불을 끄고 부슬거리는 여름 이불 속으로 들어가 몸을 누이자 시름이 온몸을 감쌌다. 이때쯤이면 누군가 문을 두드릴 줄 알았는데. 누구라도 문을 두드려주길 바랐는데. 바깥은 한없이 고요하고 잠잠했다. 아직도, 가족들과 연락이 닿지 않았다는 사실이 예빈의 밤을 괴롭혔다.

알람 없이도 습관처럼 정해진 시간에 눈이 뜨였다. 달순은 밤새 뒤척이며 잠을 이루지 못하다가 새벽 늦게 잠이 든 예빈의 뒷머리를 느릿하게 쓰다듬었다. 엄마 뱃속의 태아처럼 한껏 웅크린 등이 어제 예빈이 느꼈던 긴장을 말해주는 것 같아 가슴이 시렸다.

천천히 부엌으로 나와 베란다 창으로 들이치는 햇살을 받으며 아침밥을 차렸다. 사납게 장판 위를 지글지글 태우는 햇볕을 보니 오늘 하루도 무척이나 더울 모양이었다.

냉장고에 있는 재료를 꺼내 예빈이 좋아하는 순두부찌개를 끓이기 시작하자 후각이 예민한 예빈이 부스스한 머리로 일어나 능숙하게 상차림을 도왔다.

이 집에서는 오랜만에 함께하는 식사였다. 가게 공사가 마무리되고 예빈이 2층 살림집으로 짐을 챙겨 떠난 뒤로는, 식사를 해도 거리가 가까운 예빈의 집을 이용했다. 달순은 예빈과 피로 맺어진 진짜 가족도 아니고, 잠깐 머무르던 예빈이 집을 떠나는 건 당연한 일이었는데도 아이들을 하나둘 밖으로 내보냈던 그때처럼 상실감이 이루 말할 수가 없었다. 달순은 냄비 받침에 펄펄 끓는 순두부찌개를 내려놓으며 맛있게 먹으라는 인사를 수어로 건넸다.

오전 11시 25분. 설거지를 하고 세탁기를 돌려 빨래를 널고 집을 나섰다.

11시 30분. 늘 같은 시간에 도착하는 초록색 마을버스를 타고 별다방에 도착하기까지 걸리는 시간은 대략 15분 정도. 평소라면 예빈이 먼저 문을 열어놨을 테지만, 아직 굳게 닫혀 있는 별다방 문 앞엔 대충 급하게 적어놓은 '임시 휴업' 종이가 붙어 있었다.

예빈은 머쓱하게 웃으며 지문으로 작동하는 경비 시스템을 해지하고, 열쇠로 문을 열어 별다방 안으로 들어섰다. 달순은 처음 출근하던 날처럼 어색하게 예빈의 뒤를 따랐다.

어제 그런 일이 있었는데도 어김없이 출근 도장을 찍게 된 오늘이 죄스러웠다. 앞으로 얼마나 더 많이 예빈의 가슴에 상처를 입히게 될까. 치매 증상으로 인한 것은 아니었어도, 자식들마저 자신의 곁을 떠났는데. 예빈은 얼마나 더 자신을 버텨줄 수 있을까.

매일 하던 대로 청소를 하고, 예빈과 자신 몫의 커피를 준비해 티타임을 가지면서도, 달순은 한 가지 생각에 골몰할 수밖에 없었다. 내가 이곳에 남아 있어도 되는 걸까. 왜 나는 별다방을 놓지 못할까.

"달순 님, 저 왔어요. 예빈 씨, 안녕."

차돌같이 단단한 생각이 부서진 건 오후 1시 55분. 시간을 지켜 도착하는 마을버스처럼 매일 같은 시간에 별다방의 종을 울리는 명숙의 등장 덕분이었다.

"이상기후가 심상치 않아요, 진짜. 더워도 너무 더워. 예빈 씨, 나 오늘은 여기서 마시고 갈게, 카푸치노 아이스로 부탁해요. 이게요 달순 님, 길바닥에 물을 뿌리잖아요? 그러면 기다리고 자시고 할 것도 없어. 바로 그냥 말라버려, 물이. 그러니까 세상에 밖이 얼마나 덥다는 거예요?"

명숙은 타고난 친화력으로 분위기를 장악할 줄 아는 사람이었다. 달순은 금세 명숙에게 동화되어 이야기 속으로 빠져 들었다.

문제가 된 것은 명숙이 떠나고 30분이 지난 오후 3시 30분 쯤의 일이었다.

"어서 오······."

'딸랑'거리는 종소리에 기계적으로 인사말을 건네던 달순이 들고 있던 행주를 떨어뜨렸다. 갑자기 멈추어버린 달순의 행동에 예빈의 시선도 출입문을 향했다. 그곳엔.

"지환아······."

달순의 아들 지환이 서 있었다.

"엄마."

예빈의 눈에도 분명하게 보이는 입 모양이 '엄마' 하고 달순의 또 다른 이름을 불렀다. 달순의 집에 걸려 있는 가족사진에서 본 적이 있는 얼굴이었다. 사진 속 앳되었던 얼굴보다 선이 더 굵어지고, 눈두덩의 아이홀이 짙게 파여 있었지만, 어젯밤 예빈이 그렇게 기다리고 기다리던 달순의 가족이 별다방 깊숙한 곳으로 걸어 들어오고 있었다.

달순은 시공간에 잡아먹힌 사람처럼 동그랗게 커진 눈만 깜빡였다. 덜덜 떨리는 두 뺨 위로 미처 닦아낼 틈도 없이 주르륵 빗줄기 같은 눈물이 흘렀다. 예빈은 그 곁으로 다가가 굳어버린 어깨를 다독여주고, 카운터를 벗어나 지환에게 앉을 것을 권했다. 지환은 경계가 담긴 표정을 잠시 누그러뜨리고 달순을 향해 말했다.

"얘기 좀 해요."

예빈과 지환을 번갈아 보던 달순이 구석진 곳에 위치한 테이블로 다가왔다. 어제 있었던 일로 자식들에게 연락이 갔을 거라는 생각을 전혀 하지 못한 달순의 낯빛이 하얗게 질려 있었다. 예빈은 눈빛으로 달순을 응원하고 자신의 자리로 돌아갔다. 저 두 사람에게 지금 필요한 것은 커피가 아닌, 시간이었다.

"살이 많이…… 빠졌네."

"경찰이랑 통화하고 부산에서 바로 오는 길이에요. 야간 근무 때문에 소식을 늦게 접했어요. 경찰은 엄마가 치매로…… 실종 신고가 됐었다던데. 어떻게 된 건지 설명 좀 해주세요."

지환이 자신에게 존대를 했었던가. 살갑고 애교 많은 막내둥이 아들이라 어버이날 학교에서 숙제처럼 쓰는 편지가 아니라면, 단 한 번도 그런 적이 없던 것 같은데. 서로 소식도 모른 채 지내온 지난 몇 년의 세월이 두 사람 사이를 너무 멀게 만들었다.

"나, 진짜 이해가 안 돼서 그래. 왜 나한테 전화하지 않았어?

엄마 술 끊고 퇴원하면 나한테 전화하라고 했잖아. 엄마 입원했던 병원에 알아보니까 치료는 한참 전에 끝났다던데. 근데 왜 나한테 전화를 안 하고!"

"……."

"여긴 대체 뭐야? 경찰은 엄마가 여기 직원이라고 하던데, 치매환자가 어떻게 이런 데서 일하고 있는 거냐고."

격앙된 지환의 가슴이 벌떡거렸다. 새벽에 일을 마치고 확인한 휴대폰에 자신이 살던 동네의 지구대 순경이라며 몇 개의 메시지가 와 있던 것도 당황스러움 그 자체였는데. 알코올 중독으로 입원 치료를 받던 엄마가 술은 끊었지만, 치매환자가 되어 동네를 떠돌았다니. 게다가 얼굴은 또 왜, 왜 그렇게 야위고, 나이 들었는지. 기억 속 엄마는 항상 꼿꼿한 자세를 유지하던 멋진 어른이었는데. 어쩌다 벌써 할머니가 되어 어깨가 굽고, 아이처럼 키가 작아진 건지.

분명 본가로 돌아오는 기차 안에선 그동안 매몰차게 굴었던 자신을 용서하라며 엄마에게 사죄하고. 진짜 치매가 맞는지, 언제부터 그렇게 아팠는지 묻고 싶었는데. 죽을죄라도 지은 사람처럼 고개 숙이고 아무 말도 하지 못하는 엄마를 보자 속이 상해 화가 났다. 지환은 거친 숨을 몰아쉬며 손을 들어 젖은 얼굴을 닦았다. 맞은편에 앉은 엄마의 입술이 달싹였다.

"너희가…… 전화번호를 다 바꿨잖아."

"무슨 소리야, 엄마. 엄마 병원에 입원해 있는 동안 나랑 통화도 하고, 퇴원하면 전화하기로 약속까지 했잖아. 누나들은, 그래. 누나들은 그랬어. 근데 난 아니야, 엄마……."

달순은 지환의 말을 전혀 기억하지 못했다. 아이들에 대한 달순의 기억은 '지금 거신 전화는 없는 번호이오니'라며 차갑게 말하는 기계음이 전부였다. 달순의 머릿속엔 지환과 했던 통화도, 약속도 남아 있지 않았다. 치매는 이미 그때부터 진행되고 있었던 것처럼.

"엄마."

가까스로 마음을 가라앉힌 지환이 말했다. 엄마. 그동안 얼마나 듣고 싶었던 말이었는지. 달순은 테이블 위에 올려둔 자신의 손을 간절하게 붙잡는 지환의 눈을 마주 보았다.

"나랑 같이 가요. 가서, 나 있는 데서 치료받으면 돼."

애틋한 눈빛에 목이 막혔다.

"여기 그만두고, 이제 나랑 같이 살아요. 엄마 지금 여기서 이러고 있으면 안 돼."

바들거리는 지환의 얼굴에 남편이 겹쳐 보였다. 거기에 동그랗고 까만 눈동자 위로 비친 자신의 얼굴까지 더하자 큰딸 지혜와 둘째 지현까지 어른거렸다. 오랜 시간 흐릿해졌던 가족들 기억이 되살아나자 그리움이 목구멍을 타고 올랐다. 하지만.

"…… 싫지, 않아."

"뭐라고?"

"그만두고 싶지…… 않아."

그만두고 싶지 않았다. 예빈을 두고 떠나고 싶지 않았다. 지금 자신의 삶은 분명 이곳에 있었다. 여기, 별다방에.

'이대로…… 괜찮을까요? 아무래도 내가 별다방을 그만두는 게…….'

―안 돼요. 저랑 계약서 쓰셨잖아요. 저랑 합의 없이는 절대 그만두실 수 없어요.

그만두고자 했던 마음은 진심이 아니었다. 혹시라도 예빈에게 먼저 내쳐질까 자신을 보호하기 위해 작동한 방어기제였다.

"엄마, 지금 무슨 소릴 하는 거야…….."

달순은 예빈이 했던 말을 떠올렸다. 그리고 지환에게 잡혀 있던 손을 빼내어 이제는 완전한 어른이 된 지환의 손 위로 자신의 손을 겹쳤다.

"나는 쓸모 있는 사람으로 남고 싶어."

"엄마."

"여기서, 사는 것처럼 살고 싶어."

지환의 눈빛이 흔들렸다. 전혀 예상치 못한 전개였다. 엄마는, 엄마니까. 자신의 말이라면 무조건 짐을 싸 들고 따라나설 줄 알았다. 하지만 아니었다. 엄마에겐 자신이 몰랐던 다른 세상이 있었다. 지환은 이것이 단순하게 끝날 문제가 아님을 직감했다.

"다시 잘 생각해보세요, 엄마."

"……."

"또 올게요."

팽팽하던 정적 끝에 지환이 달순의 손에서 벗어났다. 달순은 문밖까지 자신의 막내아들을 배웅했다. 다시 보게 된 뒷모습에 가슴이 미어졌지만, 또 오겠다는 지환의 말을 곱씹어 삼키며 철근처럼 무거운 손을 흔들었다. 원형 슈퍼 앞에서 담배를 피우던 택시 기사가 뒷좌석에 올라타는 지환을 보고 냉큼 운전석에 올랐다. 명숙의 말처럼 차가운 물에도 식지 않는 한여름의 바다가 모래바람을 일으켰다.

"달순 님, 아들?"

"예."

"어휴, 훤칠하니 잘생겼네."

"그러게요. 뉘 집 아들인지 참, 잘생겼네."

저만치 작은 점이 되어 사라지는 택시를 좇으며 달순이 잔잔한 미소를 띠었다. 명숙은 허공을 휘젓는 달순의 먹먹한 얼굴을 보며 다 안다는 듯 달순의 어깨를 감싸안았다. 달순은 그런 명숙의 위로에 화답하듯 고개를 끄덕거렸다.

"날이 너무 더워서 나 커피 한 잔 더 마시려고 하는데. 달순님이 내려주는 아이스아메리카노로. 어떻게, 지금 주문돼요?"

"그럼요. 오늘도, 내일도, 매일매일 되지요."

"그럼 우리 얼른 들어가요. 잠깐 있었는데도 정수리가 다 익겠네, 익겠어."

"그래요. 우리 얼른 들어가요. 별다방 그늘 아래로."

호호 웃으며 잰걸음으로 사라진 두 사람의 자리로 태양 빛이 밝게 쏟아졌다.

"저 진짜 너무 힘들어요……."

세상에 고민 없는 삶이 존재할까?

다시 찾아온 봄. 뭉툭한 손이 테이블 위에 놓인 컵을 집어 들었다. 거무튀튀한 음료가 가득 들었던 컵엔 이미 얼음만 남아 도톰한 손바닥 안에서 빙글빙글 소용돌이쳤다. 이런 일은 거의 없지만, 원두를 정리하며 고민석으로 시선을 돌린 예빈의 눈에 하얀 셔츠와 넥타이를 단정하게 차려입은 오늘의 상담자가 들어왔다. 땅이 꺼져라 한숨짓고, 무섭게 인상을 쓴 채 앙다문 입가로 짙은 그림자가 번졌다.

"도대체 뭘까요? 어떻게 해야 알 수 있을까요?"

"…… 글쎄. 이건 정말 어려운 문제 같은데."

"아빠가 아이패드 비밀번호를 또 바꿨어요! 유튜브를 너무 많이 본다고요. 딸기반 되면 하루에 한 시간씩 보게 해준다면서! 엄마는 맨날 모른다고 아빠한테 물어보래요. 엄마도 아이패드로 넷플릭스 보고 있었으면서 모르긴 뭘 몰라. 왜 어른들은 거짓말만 해요? 저 진짜 너무 화가 나요! 근데요, 할머니. 저 아이스초코 한 개만 더 주시면 안 돼요?"

치즈유치원 딸기반 신민준. 이미 어린이용 플라스틱 컵 한 가득 들어 있던 아이스초코를 비우고, 삐죽이는 입가로 그 흔적을 잔뜩 묻힌 민준이 강아지 같은 눈망울로 물었다. 달순은 난처한 기색으로 예빈을 넘겨 보며 어떻게 하냐는 듯 수어를 보내왔다. 예빈은 가급적이면 아이스초코는 하루에 한 잔만 마시게 해달라던 민준 엄마의 부탁을 떠올렸지만, 오늘은 금요일이었다. 평일 중 딱 하루, 유치원 하원 버스와 퇴근 시간이 맞지 않아 30분씩만 별다방에 민준을 부탁한 민준의 엄마가 평소보다 30분 더 늦게 오는 날. 예빈은 달순을 향해 가볍게 고개를 끄덕이고는 초코파우더 통의 뚜껑을 열었다.

도대체 무슨 조언을 해주는 건지 바 테이블 위로 맞댄 두 사람의 머리가 사뭇 심각했다. 달순의 말을 유심히 듣고 있던 민준의 작은 머리가 위아래로 움직였다. 예빈은 금세 만들어낸 아이스초코를 테이블 위로 놓아주었다. 그리고 그때 아주 좋지 않은 타이밍으로 별다방의 문이 벌컥 열렸다.

"어어? 신민준! 너 아이스초코, 그거 두 잔째야?"

평소보다 일찍 도착한 민준 엄마의 등장이었다.

"응? 아니에요. 이건 내가 마신 거예요, 수련 씨."

찌릿한 눈초리에 어린이용 플라스틱 컵을 냅다 손에 쥔 달순이 뻔히 보이는 착한 거짓말로 민준의 편을 들었다. 민준 엄마, 수련은 장화 신은 고양이 같은 표정으로 자신을 바라보는 민준을 향해 바람 빠진 웃음소리를 흘려보냈다.

"그것만 마시고 가는 거야. 어린이집에서 민서가 기다려."

"알겠어, 엄마."

부드럽게 넘어간 상황에 엄마 뒤로 몸을 숨긴 민준이 달순을 향해 엄지를 척 들어 올렸다. 그 모습을 본 달순과 예빈의 입가로 동그란 미소가 걸렸다.

지난여름, 달순의 실종 사건 이후 지환이 다녀간 지도 벌써 반년이 흘렀다. 지환은 때마다 전화를 걸거나 별다방을 찾아와 달순을 설득하기 위해 애를 썼다. 달순은 그런 지환의 노력에 가끔 흔들리고, 자주 마음을 다잡았다. 누군가 가위로 도려낸 듯 기억을 잃는 순간이 오면, 더 큰 사고가 일어나기 전에 아름다웠던 기억만 가슴속에 간직한 채로 떠나는 것이 옳은 길임을 알면서도. 매일 똑같은 모습으로 커피를 내리는 예빈과 익숙하게 코끝을 스치는 커피 향, 항상 반갑게 인사를 건네는 사람들의 웃는 얼굴 같은 것들이 자꾸만 달순의 욕심을 자라나게 했다.

달순은 서운함 반, 걱정 반으로 물든 지환을 아쉽게 돌려보내는 날이면, 더욱더 열심히 치매로부터 도망치기 위해 발버둥을 쳤다. 달순의 담당 의사는 완치 방법이 없고 진행 속도가 빠른 이 고약한 치매라는 녀석이 달순에게 유독 힘을 쓰지 못하고 증상이 더디게 나타나는 이유가 꾸준한 사회 활동과 지속적으로 맺는 유대 관계 덕분이라고 말했다. 달순은 별다방 안에서 느리게 지나가는 자신의 모든 시간이 그저 감사하기만 했다.

더디다는 것이 결코 멈춘다는 뜻이 될 수 없다는 것을 우리 모두 알고 있다. 어쩌면 달순은 앞으로 더 많이 길을 잃고 헤맬지도 모른다. 그때마다 예빈은 바닥으로 내려앉는 심장을 스스로 감당해야 하고, 달순의 가족이 아니라는 이유로 자신의 존재를 부정당하는 일이 생각보다 자주 생길지도 모른다. 그러다 보면 때로는 지치고, 화가 나고, 불안에 잠식된 마음이 달순에게 커다란 자물쇠를 채워 서로가 서로에게 상처가 되고, 깊은 멍이 들고, 그렇게 많이 아프게 될지도 모르지만. 서로의 이야기를 포기하지 않는 것. 당장 답을 찾을 수 없더라도 상대가 하는 말을 온몸으로 느끼고 들어주다 보면, 내내 화창하진 않더라도 언젠가는 폭우가 걷히고 짙은 먹구름이 흩어져 태양을 마주하는 날이 반드시 오게 될 테니. 그때까지 달순은 이곳에 계속 머무르려 한다. 여기, 별다방 바리스타로.

작가의 말

찌는 듯 타들어갔던 지난여름 『별다방 바리스타』가 찾아왔다. 『기억서점』으로 이제 막 세상에 첫발을 내디디고, 그다음 걸음에 대해 고민이 많던 계절이었다. 사실은 『기억서점』과 전혀 다른 장르의 글을 써보고 싶다는 욕심이 자라나고 있던 시기였다. 『기억서점』을 쓰며 치유와 위로, 휴머니티를 다루는 이야기가 얼마나 무겁고 힘든 것인지를 호되게 배운 탓이었다.

하지만 편집부에서 전해준 이야기가 나를 끌어당겼다. 나는 뒤돌아 멀리 도망칠 새도 없이 별다방에 발을 들이고 말았다. 여기서 이들과 할 수 있는, 하고 싶은 이야기가 있다는 열망이 그 시기의 나를 집어삼켰다.

강렬했던 첫 만남 뒤 구체적인 시놉시스를 준비하던 가을. 나는 이 이야기를 함에 있어서 가장 중요한 것은 '균형'일 거라고 어렴풋한 답을 내렸다. 내가 쓰는 이야기가 현실이자 현재일 사람들을 위해서. 모두가 만족할 수 있는 이야기를 쓸 수는 없겠지만, 적어도 누군가에게 상처가 되는 이야기는 쓰지 말자. 극적인 미화를 지양하고, 보다 나은 방향으로 변화할 수 있는 이야기를 쓰기 위해서는 반드시 '균형'을 지켜야 한다.

그러한 다짐 속에서 나는 사회적으로 가장 춥고 어두운 시기에 『별다방 바리스타』를 쓰기 시작했다. 어떠한 문제를 향한 주변인의 관심. 그저 바라보는 것에서 그치지 않고 나서서 행동하는 용기. 나 혼자가 아닌 함께하는 이들이 있다는 사실에서 전해지는 위로. 그런 것들을 담으며 나는 이 이야기가 어쩌면 판타지 소설에 가깝지 않을까 하는 생각을 했었다. 하지만 이야기의 마침표를 찍던 늦겨울, 내가 소설 속에 담으려고 했던 환상이 사회적으로 만연해지는 것을 보며 나는 부끄러웠다.

여전히 미숙한 나는 여전히 사람들 틈에서 이야기를 쌓아가는 방법을 배워간다. 나보다 더 많은 걸음을 앞서 좋은 세상을 만들기 위해 노력하고 있는 모두에게 존경을 표하며 이 이야기의 끝처럼 아주 완벽하진 않아도, 조금씩 더 나아질 수 있는 따뜻한 봄이 오기를. 그리하여 함께 그 세상 속에 웃으며 머무를 수 있기를 간절히 바라본다.

2025년 봄,
송유정

바리스타

ⓒ 송유정, 2025

초판 1쇄 인쇄일 2025년 4월 25일
초판 1쇄 발행일 2025년 5월 2일

지은이　송유정
펴낸이　정은영
편집　음수현 정사라 김지수 김명선
디자인　홍선우
마케팅　최금순 이언영 연병선 송의정
제작　홍동근

펴낸곳　(주)자음과모음
출판등록　2001년 11월 28일 제2001-000259호
주소　10881 경기도 파주시 회동길 325-20
전화　편집부 (02)324-2347　경영지원부 (02)325-6047
팩스　편집부 (02)324-2348　경영지원부 (02)2648-1311
이메일　munhak@jamobook.com

ISBN 978-89-544-5264-9 (03810)

잘못된 책은 구입한 곳에서 교환해드립니다.

이 책의 판권은 지은이와 자음과모음에 있습니다.
책 내용의 전부 또는 일부를 사용하려면 반드시 양측의 동의를 받아야 합니다.